karo ♦ kiezkrimi 01 ...

Über das Buch:
Mord und Totschlag im Wedding.
In dem Kriminalroman aus dem Berlin der Gegenwart führt uns der Autor Herbert Friedmann durch den Berliner Stadtteil Wedding.
In der ganz eigenen explosiven Atmosphäre des Kiezes prallen Kleinkriminelle verschiedenster Herkunft und solche Menschen aufeinander, die hier ein normales Leben wagen. – Für den liebenswert lakonischen und ständig unter Geldnot leidenden Strömberg der beste Stadtteil, um hier ebenfalls sein Glück zu suchen ...

Herbert Friedmann lebt und arbeitet direkt im Berliner Kiez Wedding. Er wurde 1951 in Groß-Gerau geboren und ist seit 1977 Freier Schriftsteller. Neben zahlreichen Auszeichnungen und Stipendien kann er mindestens achtzig Buchveröffentlichungen vorweisen, von denen einige in verschiedene Sprachen übersetzt wurden. Außer Kinder- und Jugendbüchern schreibt Herbert Friedmann auch Gedichte, Theaterstücke und Hörspiele.

Herbert Friedmann

Toter Wedding

Kriminalroman

edition ♦ karo
Berlin 2010

Bibliografische Information der Deutschen Nationalbibliothek:
Die Deutsche Nationalbibliothek verzeichnet diese Publikation in
der Deutschen Nationalbibliografie; detaillierte bibliografische Daten
sind im Internet über http://dnb.d-nb.de abrufbar.
Herbert Friedmann, Toter Wedding
Verlag Josefine Rosalski, Berlin 2010
karo kiezkrimi 01

© edition ♦ karo 2010
Überarbeitete Taschenbuchausgabe, 1. Auflage
Copyright der Originalausgabe 2008: © edition ♦ karo
Verlag Josefine Rosalski, Berlin
www.edition-karo.de
Umschlagfoto Berlin Wedding, Seestraße/Ecke Müllerstraße: © edition karo
Druck und Verarbeitung: Verlagsservice Niederland GmbH, Fankfurt/Main
Alle Rechte der Verbreitung und Übersetzung, auch durch
öffentlichen Vortrag, Funk, Fernsehen, fotomechanische Wiedergabe,
Tonträger jeder Art und auszugsweisen Nachdruck, vorbehalten.
Gedruckt in Deutschland
ISBN 978-3-937881-11-9

1

Strömberg tänzelt über den Kurfürstendamm, der schwerelose Eintänzer des Abends: ein komischer Mann um die Fünfzig, das dichte, nach hinten gekämmte Haupthaar seit vielen Monden ergraut, bekleidet mit einem türkisfarbenen Sommeranzug, ein Gemisch aus wenig Baumwolle, noch weniger Leinen und sehr viel Kunstfaser, eine Nummer zu groß, wie das Leben, dem er sich nicht mehr gewachsen fühlt.

Die Schuhe sind tadellos, oben und unten Leder, solide Qualität mittlerer Preisklasse. Strömberg geht niemals mit ungeputztem Schuhwerk aus dem Haus. Die Creme lässt er drei Stunden einwirken, bevor er das Leder mit einem Nylonstrumpf poliert: ein glänzender Trick, den er in einem Männermagazin gelesen hat.

Vielleicht wäre das ja seine Chance: öffentlicher Schuhputzer auf dem Tauentzien oder auf dem Platz vor der Gedächtniskirche, besser vielleicht in jener Mitte, in der alles neu scheint, dem Volk immerzu neu scheinen soll, ein Perpetuum mobile des Neuen. Dort könnte er die Schuhe der Touristen auf Hochglanz polieren, bevor sie den Reichstag betreten und die Glaskuppel bestaunen. Nebenbei verkauft er seine Gedichte, der dichtende Schuhputzer: Glanz und Poesie.

Nicht auszuschließen, dass er in kürzester Zeit zum berühmtesten Schuhputzer Berlins emporsteigen würde. Die Geschäftsidee hat leider einen Haken: die Turnschuh- und Birkenstockgeneration benötigt weder Schuhputzer noch Dichter.

Strömberg trifft auf einen frühen Rosenverkäufer, dem er nach einem freundlichen Verkaufsgespräch eine gelbe Rose zum halben Preis abkauft.

»Danke, Kollege«, sagt Strömberg und fühlt sich zu einer Gegenleistung verpflichtet. Er umtanzt den dunkelhäutigen Mann, der seine Goldzähne zeigt und seine Verlegenheit hinter den breiten Bund einer grünen Jogginghose schiebt.

Zuletzt hat Strömberg für Anna getanzt, auf dem Alex in unmittelbarer Nähe der Weltzeituhr, verliebt ins Gelingen und in Anna und ertrunken im Blau ihrer Augen. Vergangenes, das nicht vergehen mag, weil der Schmerz ihm allein gehört: unheilbar und unteilbar, von makelloser Schönheit und absolut loyal. Nur deshalb hört er immer wieder auf den scheinheiligen Freund Pinot Grigio, der ihm verspricht, die Sehnsucht nach Anna zu stillen. Verplemperte und vertrunkene Stunden an einem Dienstag im August am Savignyplatz im Café Aedes.

»Aufwiedertanzen«, schnauft Strömberg.

Der Kettenraucher zündet sich eine Selbstgedrehte an, erreicht rauchend den Bahnhof Zoo und nähert sich schwankend den Kollateralschäden des Kapitalismus: Obdachlose und Alkis, die in ihrem Erbrochenen liegen. Jugendliche Paradiesvögel ohne Paradies, aber in Begleitung von schwarzen Mischlingshunden, die den ausdruckslosen Blick ihrer Besitzer angenommen haben.

Strömberg streckt die Rose einer Punkerin entgegen: ein schriller Schatten in zerrissenen Jeans, zwischen dreizehn und dreißig, alkoholisiert, totgeschminkt, schwärzer noch das Schwarz unter ihren Augen.

»Ich bitte schön«, sagt Strömberg.

Sie hebt verschlafen den Kopf, zeigt ihm majestätisch den Stinkefinger und spuckt nach der Rose, die er ihr gerne geschenkt hätte.

»Geschenkt«, sagt er mit eindringlicher Stimme.

Ihre Freunde erwachen aus Rausch und Lethargie. Die schwarzen Hunde nehmen die Witterung auf.

»Verpiss dich, alter Mann!« Die Punkerin streckt die Zunge heraus, eine silberne Kugel auf der Zungenspitze, oben fehlen zwei Schneidezähne.

»Wirklich geschenkt«, sagt Strömberg und wirft die Rose in die Luft.

Im Gehen faltet er den Stadtplan auseinander, auf dem die Stadt noch in Ost und West geteilt ist. Er muss die Lesebrille zu Hilfe nehmen, braucht trotzdem eine Zigarettenlänge, bis er auf dem Plan die Chausseestraße und den Dorotheenstädtischen Friedhof findet: Nummer 126, nach einer kurzen Fahrt mit der S-Bahn zum Bahnhof Friedrichstraße.

Strömberg spaziert, nein, torkelt über den Friedhof, vorbei an den Gräbern von Heinrich Mann, Brecht, Helene Weigel, Johannes R. Becher. Vor Fichtes phallischem Grabstein bleibt er stehen.

»Das Leben als Leidenschaft! Ich betreibe das so. Es liegt auf der Hand, dass sie mich zugrunde richtet«, deklamiert er.

Er dreht den Kopf ängstlich nach allen Seiten. Es ist ja nicht auszuschließen, dass sich hinter einem Gebüsch ein Brecht-Erbe versteckt hält und im nächsten Augenblick Tantiemen für das Zitat fordert.

Strömberg pinkelt gegen den Grabstein, sucht dann nach Heiner Müllers Ruhestätte, findet Anna Seghers, Arnold Zweig, auch einen Müller, aber keinen Heiner, läuft müde und unbemüllert in Richtung Ausgang. Sein Kreislauf beginnt zu schwächeln. Er taumelt und hofft, einer der Toten tauschte mit ihm, dem Entmutigten.

»Die Erschöpfung ist das letzte Ergebnis jeder Bemühung«, fällt ihm ein Satz von Wolfgang Koeppen aus dem Mund, und er fügt aus eigener Erkenntnis hinzu: »Die Möglichkeit, einfach durchgestrichen zu werden, hat sich in jüngster Zeit erheblich vergrößert.«

Er kehrt der verschlossenen Pforte den Rücken, schleppt sich mit vorletzter Kraft zur Mauer an der Chausseestraße, ebenfalls ein unüberwindliches Hindernis, kreuzt und quert den Friedhof und schimpft auf die Friedhofsverwaltung: Fürchtet denn jemand, die Toten könnten nach zwanzig Uhr der Ewigkeit entfliehen?

Er tritt ins Leere, fällt in ein ausgehobenes Grab, 180 Zentimeter tief, falls es der Vorschrift entspricht, weich und feucht, endlich geerdet, kein Grund also, den Ruheplatz zu verlassen. Er dreht sich auf den Rücken, schiebt die Hände unter den Kopf und schaut hinauf zu den Sternen, deren Schweigen er wieder nicht dechiffrieren kann.

2

Eine Reise ins Glück ... klingt es aus dem Autoradio. Der Dicke liebt diese Art von Musik und summt mit. Er steuert den dunkelblauen Van japanischer Herkunft im gemächlichen Tempo über die Müllerstraße in Richtung Chausseestraße.

»Schneller, schneller, dicker Mann«, dröhnt eine gehetzte Stimme vom Rücksitz. »Oder willst du riskieren, dass wir von den Bullen angehalten werden?«

Werner Gramlich, siebenundvierzig Jahre alt, ledig aus Überzeugung, nimmt die rechte Hand vom Steuer und legt sie sanft auf die Kopfstütze des Beifahrersitzes.

»Schneller, schneller«, wiederholt der Mann auf der Rückbank. Er zieht mehrmals hintereinander an seiner Zigarette und bläst den Rauch in den Nacken des Dicken, der nun doch von Vierzig auf Sechzig beschleunigt.

»Geht doch, dicker Mann«, sagt der andere und wirft seine Kippe aus dem Fenster.

Nun zündet Gramlich sich eine Zigarette an, wobei er lange nach dem Zigarettenanzünder suchen muss. Er hat den Van niemals vorher gefahren.

Im Radio spielen sie: *Seemann, deine Heimat ist das Meer ...* Der Dicke hätte gerne lauthals mitgesungen. Er ist in guter Stimmung, zweihundert Euro Sonderzulage, leicht verdientes Geld. Dafür kutschiert man gerne einmal eine Leiche durch Berlin, hinaus in die Brandenburger Pampa, ein nicht alltäglicher Entsorgungsauftrag.

»Feuerbestattung und den Rest gut vergraben ...«, hat

der Chef gesagt.

Der Dicke lacht in sich hinein. Der junge Mann hinter ihm rülpst. Am Liebsten hätte Gramlich den Auftrag allein erledigt, aber der Chef hat ihm diese Niete auf die Nase gedrückt, ein Bürschchen, höchstens zwanzig, noch reichlich grün hinter den Ohren, ein schmales Handtuch, aber mit großer Schnauze, arbeitete erst seit drei Wochen für den Chef. Kaan heißt er, hört sich nach Türke oder Araber an, jedenfalls ein Typ mit Migrationshintergrund, wie man politisch korrekt heutzutage sagt, vielleicht eine Schwuchtel und möglicherweise der neue Spieljunge des Chefs. Über die sexuelle Ausrichtung des Chefs, auch oder obwohl er sich stets mit sonnenstudiogebräunten und tätowierten Wedding-Tussis schmückt, wird manchmal gemunkelt. Der Chef, so heißt es, sei nach allen Seiten offen. Neben den Barbiepuppen gibt es auch eine Hauptfrau, die etwas mehr Grips im Kopf hat als die anderen, zuletzt eine Sonja, rothaarig und nicht auf den Mund gefallen, die Frau zum Repräsentieren, die sogar gelegentlich an geschäftlichen Besprechungen teilnehmen darf. Sonja hat Gramlich bei ihrer letzten Begegnung liebevoll Dickerchen genannt.

Vor zwei Wochen hat der Chef sie abserviert, nachdem sie rekordverdächtige dreizehn Monate ein Paar gewesen sind. Vielleicht hat Sonja sich zu stark in die geschäftlichen Belange eingemischt.

Werner Gramlich ist es egal. Er beteiligt sich grundsätzlich nicht an Munkeleien. Das gehört zu seinem privaten Vorsorgeplan zum Erhalt der eigenen Gesundheit und zur

Eindämmung der Kostenexplosion im Gesundheitswesen. Außerdem ist er loyal, und er ist dankbar für den Job.

Er hat den Chef vor zwei Jahren im Knast kennen und schätzen gelernt. Er selbst hat wegen Autoschiebereien im großen Stil und Urkundenfälschung eingesessen, der Chef wegen Zuhälterei und Frauenhandel, ein brutaler, menschenverachtender Typ, so ist in den Zeitungen zu lesen gewesen.

Hinter Gittern dann der eigentümliche Wandel vom Saulus zum Paulus, ein Bücherwurm, der in der Gefängnisbibliothek arbeitete und sogar auf den Hofgang verzichtete, nur um in seiner Zelle ungestört lesen zu können. Im Radio spielen sie *Du bist nicht allein* ...

»Scheiß Musik«, blafft Kaan.

»Deutsche Leitkultur«, sagt Werner Gramlich und freut sich, dass ihm diese Redewendung eingefallen ist.

»Deine scheiß Musik kotzt mich an«, sagt Kaan unbeeindruckt. »Und der Typ neben mir macht mich nervös. Es bringt Unglück, einen Toten im Auto zu transportieren.«

»Aha«, brummt Gramlich. »Andere Länder, andere Sitten.«

»Und wenn er noch lebt ...?« Kaan beugt sich nach vorn und greift nach Gramlichs Zigaretten, die auf dem Beifahrersitz liegen.

»Beruhige dich, Kleiner, der ist mausetot«, sagt Gramlich.

»Warum entsorgen wir ihn nicht irgendwo in Berlin? Im Grunewald vielleicht. Oder wir versenken ihn im Wannsee oder meinetwegen im Mückensee oder so – und Ende der Oper.«

»Weil wir unsere Anweisungen haben«, entgegnet Gramlich leicht genervt. »Und der See heißt nicht Mückensee sondern Müggelsee, verstehst du, Müggelsee ...« Er betont jede Silbe.

»Ist mir so was von egal, wie dein beschissener See heißt, dicker Mann.« Kaan lockert den Krawattenknoten, betrachtet dann lange seine Fingernägel, die er ausschließlich mit einer Nagelfeile bearbeitet, und faltet die Hände.

Im Radio singt Drafi Deutscher *Marmor, Stein und Eisen bricht* ...

»Mein Anzug ist total eingesaut«, mault Kaan. »Überall Blutflecken. Voll eklig. Verstehe nicht, warum ich dem Typen die Jogginghosen anziehen musste, verstehst du das? Frieren wird er ja nicht mehr.« Sein hartes Lachen geht in ein bellendes Husten über.

»Der Chef kauft dir einen neuen Anzug«, sagt Gramlich. »Der Chef ist der großzügigste Mensch, den ich kenne. Und dich hat er doch sowieso in sein großes Herz geschlossen.«

»Schwachsinn«, knurrt Kaan und lässt offen, ob er die Musik im Radio oder Gramlichs Bemerkung meint.

Das Lied wird vom Verkehrswarnfunk unterbrochen, ein Falschfahrer auf einer fernen Autobahn. Wen interessiert das? Gramlich fingert wieder eine Zigarette aus der Packung, findet den Anzünder diesmal auf Anhieb und hofft, der Chef würde ihm nach getaner Arbeit mindestens vierundzwanzig Stunden freigeben. Ausschlafen, in seiner Stammkneipe ein Bauernfrühstück mit Spreewaldgurken und viel Speck verdrücken und anschließend ein paar Stunden im Zoo verbringen, davon träumt er. Der Zoo ist sein Lieblingsort in Berlin. Gramlich besitzt eine Jahreskarte. Stundenlang kann er den Seerobben zuschauen, wie sie scheinbar schwerelos auf- und abtauchen. Im Streichelzoo mischt er sich unter die Kinder und entwickelt eine kindliche Freude, wenn er die Ziegen und Schafe mit dem gepressten Futter aus dem Automaten füttert.

»Scheiße.« Gramlich hält an und schaltet instinktiv Licht und Radio aus.

»Was ist los?«

»Plattfuß.«

»Scheiße, ich kann keinen Reifen wechseln. Dann ruiniere ich mir meinen Anzug endgültig. Damit musst du alleine klarkommen. Du kommst doch allein damit klar, dicker Mann?« Kaan zieht einen Schmollmund wie ein beleidigtes Kind und verschränkt die Arme.

Gramlich brummt etwas Unverständliches und steigt umständlich aus dem Wagen.

Kurze Zeit später sitzt er wieder hinterm Steuer. »Wir haben keinen Ersatzreifen.«

»Scheiße. Ich rufe den Chef an.« Kaan zückt sein Handy.

»Das wirst du bleiben lassen!«

»Ist es dir lieber, wenn wir den ADAC kommen lassen?«

»Klapp dein Handy zu und halt einfach die Klappe!«

Gramlich fährt sich mehrmals mit der flachen Hand

über seine polierte Vollglatze. Er denkt angestrengt nach. Wie er es auch anstellt, ist es womöglich verkehrt. Jedenfalls darf er dem Chef nicht mit der Leiche unter die Augen treten.

»Hast du eine Idee, dicker Mann?«

Gramlich deutet auf die graue Mauer auf der gegenüberliegenden Straßenseite. Nirgends ist ein Toter besser aufgehoben als auf einem Friedhof.

»Und wenn uns jemand in die Quere kommt?«

»Warum flüsterst du auf einmal?«, fragt Gramlich und guckt auf seine Rolex-Imitation: zehn Minuten vor vier Uhr. Die Stadt, die angeblich niemals schläft, ruht ein wenig aus. Ab und zu huscht ein Taxi vorbei. Das Risiko, gesehen oder gar erwischt zu werden, ist äußerst gering. Gramlich steuert den Van so nahe wie möglich an die Friedhofsmauer.

»Reiß dich zusammen!«, herrscht er seinen Partner an, was aber nicht nötig gewesen wäre, denn Kaan gefällt die Lösung, da sie ihm einen baldigen Feierabend verspricht.

Mit vereinten Kräften hieven sie die Leiche aus dem Auto und über die Mauer. Für Kaan ist der Auftrag damit erledigt.

»Nix da«, sagt Gramlich. »Jetzt beginnt unser Job erst.«

»Schon gut, schon gut, dicker Mann«, sagt Kaan und grinst, weil er glaubt, es würde besonders cool wirken.

Werner Gramlich klettert zuerst über die Mauer, erstaunlich leicht und eichhörnchenflink. Kaan braucht länger und ächzt und stöhnt dazu, dass Gramlich fürchtet, er könne die Toten aufwecken.

Die Leiche liegt auf einem Haufen welker Blumen und Kränze, eine günstige Lage für eine Feuerbestattung. Nur haben sie den Benzinkanister im Van vergessen. Gramlich hätte gerne Kaan die Schuld in die Schuhe geschoben, doch der junge Türke oder Araber kommt ihm zuvor. Gramlich winkt ab und überwindet erneut die Mauer.

»Scheiße!« Kaan schüttelt sein Feuerzeug wie einen Shaker, reibt sich den Daumen wund, spricht fremdlautige Beschwörungsformeln. Ohne Erfolg. Gramlich wühlt in seinen Taschen, wird nicht fündig. »Vergessen oder verloren«, sagt er kleinlaut. Während der Fahrt hat er ja den Zigarettenanzünder benutzt.

Wenn sie auffliegen, gehen sie vermutlich als die dümmsten Leichenbestatter Berlins in die Kriminalgeschichte ein. Vorher ist mit einer Abstrafung durch den Chef zu rechnen. Was also tun?

»Wir verscharren ihn unter dem Gemüse – und Ende der Oper«, sagt Kaan.

Eigentlich denkt Gramlich ähnlich, aber er will nicht mit dem Schönling übereinstimmen und besteht darauf, den Toten »irgendwie« unter die Erde zu bringen und führt sogar religiöse Argumente ins Feld. Das klingt nicht wirklich überzeugend. Trotzdem folgt Kaan ihm aufs Wort. Sie schleppen die Leiche wie eine Bahre über den Friedhof. Kaan bestimmt die Geschwindigkeit. Gramlich trottet hinterher und hat die Augen schon halb geschlossen. Die zweihundert Euro sind doch härter verdient, als er angenommen hat. Kaan hält auf einmal an. Ein Erdhaufen steht im Weg. Er dreht den Kopf zu seinem Kollegen.

»Einverstanden?«

»Einverstanden«, sagt Gramlich mit müder Stimme.

Mit einem Schwung werfen sie den Toten in das Erdloch.

»Ende der Oper«, sagt Kaan.

3

Schwarzgraue Wolken, tief und feucht, Nieselregen, verhaltenes Vogelgezwitscher, der frühmorgendliche Verkehrslärm von der Chausseestraße: ein Morgen, der gut zum Totenmonat November passen würde.

Strömberg an einem Mittwoch im August in einem Grab auf dem Dorotheenstädtischen Friedhof: Atemnot, eingeschlafene Beine und Füße, intervallartige Stiche in der Brust, verdächtige Symptome erhöhter Herzinfarktgefahr: *Trüb ists heut, es schlummern die Gäng und die Gassen und fast will mir scheinen, es sei, als in der bleiernen Zeit …* Bleiern das Gewicht, das Strömberg bedrückt: ein lebloser Körper, zerschlagen und blutverkrustet das Gesicht, raspelkurze, blutbefleckte Haare, bandagierte Hände, auffallend groß und seltsam gekrümmt, ein nackter Oberkörper, gut durchtrainiert. Bekleidet ist die Leiche mit einer hellblauen Jogginghose und schwarzen Sportschuhen, Stiefeletten, wie sie Basketballspieler oder Boxer tragen. Auf jeden Fall eine ungewöhnliche Bekleidung für die so genannte letzte Reise.

Strömberg fürchtet den Erstickungstod, wagt einen Hilfeschrei, der zu einem waidwunden Wimmern gerät, windet und schlängelt sich und kann endlich Hände und Schulter aus der Zwangslage befreien, noch keine komfortable Lage, aber immerhin kann er nun seine Hände gebrauchen. Er krallt dabei die Finger in die glitschige Erde, erkämpft sich Zentimeter um Zentimeter Freiraum und schafft sich den Leichnam vom Leib. Bevor er sich aus dem Grab hangelt, wirft er einen letzten Blick auf den Toten, als müsse er sich noch einmal seiner Existenz vergewissern.

»Eine Doppelbelegung eines Grabes ist vermutlich nicht gestattet«, sagt Strömberg. »Nichts für ungut. Ich bin zwar zuerst hier gewesen, trete Ihnen aber gerne meinen Platz ab.«

Er säubert die Hände im Gras, sucht in der Jackentasche nach seinen Zigaretten, raucht die letzte, muss sich übergeben, als er aufgeraucht hat und läuft zur Pforte, die noch immer verschlossen ist.

Was tun? Die Frage im Lenin'schen Sinne gestellt, ist von der Weltgeschichte beantwortet worden, vorerst jedenfalls. Im eigentlichen Sinne muss er handeln. Sein Handy hat die Stunden im Grab unbeschadet überstanden. Er überlegt sich eine Geschichte, die er dem Beamten in gekürzter Form erzählt und die er sich selbst niemals glauben würde.

4

Anette Schwarz schiebt eine CD von Klaus Hoffmann in den CD-Player: *Ein paar Schritte noch, da wird eine Insel sein …*

Die Kriminalhauptkommissarin singt leise mit. Die Lieder von Hoffmann sind die Begleiterinnen ihrer langen Abende. Nebenbei liest sie, bevorzugt Märchen aus aller Welt. Oder sie malt: farbenprächtige, abstrakte Aquarelle, die sie gerne an Geburtstagen oder an Weihnachten verschenkt.

Sie träumt sich auf eine Insel, frei von der Pflicht, die sie aus dem Bett geklingelt hat, an ihrem freien Tag. Drei Kollegen sind plötzlich und unerwartet erkrankt. Und sie springt, wie immer, in die Bresche, pflichtbeseelt, wie sie nun einmal ist. Gutmütigkeit ist auch ein Stück Liederlichkeit, hat ihre Mutter ihr eingeschärft. Anscheinend vergeblich.

Eine Leiche noch vor dem Frühstück, verbunden mit den üblichen Fragen nach der Identität des Toten, nach der Todesursache und wann der Tod eingetreten ist. Routine. Die ersten Ermittlungen im persönlichen Umfeld des Opfers. Das Auswerten der Hinweise aus der Bevölkerung.

Anette Schwarz dreht die Heizung und die Musik bis zum Anschlag und denkt daran, in ihre Wohnung in der Kameruner Straße zurückzukehren. Die Pflicht …

5

»Unglaublich!«

Anette Schwarz verschränkt die Arme vor ihrem flachen Busen und mustert Strömberg von Kopf bis Fuß: eine jämmerliche Gestalt, unrasiert, zersauste, erdverschmierte Haare, verdreckte Schuhe, ein schlecht sitzender Anzug, schmutzig und blutbefleckt.

»Ich an Ihrer Stelle würde mir auch nicht glauben«, sagt Strömberg. »Die komplette Geschichte ist unglaublich. Ein Plot, den mir jeder Lektor um die Ohren hauen würde.«

»Was mache ich nun mit Ihnen?«

Strömberg weiß, dass die Frage nicht direkt an ihn gerichtet ist, und versucht es mit einem Lächeln. Natürlich hat er Verständnis für das berufsbedingte Misstrauen der Hauptkommissarin: ein filigranes Wesen um die Vierzig, ungeschminkt, schwarzes Kurzhaar mit einer roten Strähne über der Stirn, leger gekleidet, schwarze Röhrenjeans und eine dunkelbraune Motorradlederjacke. Das Schuhwerk bringt einen erheblichen Punkteabzug auf Strömbergs Sympathieskala: ungeputzte braune Halbschuhe mit einer dicken Kreppsohle.

»Rauchen Sie?«, fragt Strömberg. »Wenn ja, dürfte ich Sie dann um eine Zigarette bitten?«

»Ich habe es mir vor einem Jahr abgewöhnt«, antwortet Anette Schwarz.

»Jeder trage des anderen Last«, sagt Strömberg. »Darf ich jetzt gehen? Ich würde mich gerne äußerlich und auch inwendig ein wenig verändern.«

»Gut, gut«, sagt Anette Schwarz und zieht die Lederjacke am Kragen zusammen. Sie wirkt ratlos zerbrechlich. Ein paar Meter entfernt liegt die Leiche im Zinksarg. Männer und Frauen in weißen Overalls haben den Fundort weiträumig abgesperrt und wuseln im und um das Grab herum, suchen und sichern Spuren.

»Es hat sich alles so zugetragen, wie ich es Ihnen erzählt habe«, versichert Strömberg.

»Sie müssen doch gespürt haben, als die Leiche auf Sie gefallen ist«, sagt sie mit einem vorwurfsvollen Unterton.

»Im Unterbewusstsein ist es mir wohl nicht entgangen«, meint Strömberg. »Wahrscheinlich bin ich kurz darauf erwacht.«

»Und Sie wissen nicht, um welche Uhrzeit das war?«

»Der Morgen dämmerte, die Vögel zwitscherten. Auf die Uhr habe ich leider nicht geschaut. Aber mein Anruf ist doch vermutlich aktenkundig. Ein gewissenhafter Beamter hat doch wohl die Uhrzeit notiert. Dann brauchen Sie nur etwa eine halbe Stunde zurückzurechnen, und Sie wissen, wann ich von den Toten, respektive von dem Toten auferstanden bin. Darf ich nun gehen?«

»Es gibt keinen hinreichenden Grund, sie länger festzuhalten«, sagt die Hauptkommissarin. »Ich muss Sie bitten, die Stadt vorerst nicht zu verlassen. Es ergeben sich bestimmt noch ein paar Fragen.«

Strömberg lächelt milde. Nicht einmal seinem Wedding wird er den Rücken kehren.

Sie tauschen Visitenkarten aus.

6

Der Dicke unterdrückt zum wiederholten Male ein Gähnen, schlaflos seit sechsundzwanzig Stunden und ausgehungert. Der Chef thront ausgeschlafen und gut aufgelegt hinter seinem Mahagonischreibtisch. Diesen Kaan hat er gleich nach Hause geschickt. Werner Gramlich muss den Kopf hinhalten und Auskunft geben. Jetzt wäre der Zeitpunkt gekommen, wo er gestehen würde, säße er einem Bullen gegenüber: rasch die Unterschrift unter das Protokoll, ab in die Zelle, Feierabend …

Was würde ihm hier ein umfassendes Geständnis bringen? Gewiss kein warmes Essen, keine heiße Dusche und auch kein Bett. Ärger würde er sich einhandeln, noch mehr Ärger, als er schon am Hals hat. Er sitzt bis zur Halskrause in der Scheiße.

Der Chef allerdings giert nach Einzelheiten. Er wünscht eine exakte Beschreibung der Fahrtroute. Wie und wo haben sie sich der Leiche entledigt? Sind sie beobachtet worden? Hat es Komplikationen gegeben?

Gramlich hegt den Verdacht, dass der Türke oder Araber ihr kleines Geheimnis bereits ausgeplaudert hat. Vielleicht ist er deshalb so schnell in den Feierabend entlassen worden. Die Belohnung für den Verrat.

»Es ist alles nach Plan gelaufen, Chef.« Gramlich sperrt nun doch den Mund auf, ohne die Hand davor zu halten. Gähnend spricht er weiter: »Wir haben nicht so genau darauf geachtet, wo wir den Toten abgeladen haben. Es war ja stockfinster. Halt irgendwo im Märkischen Sand.«

»Märkische Heide, märkischer Sand, heil Dir, mein Brandenburger Land …« Der Chef lacht selbstverliebt und nickt ernst. Gramlich hätte das Nicken gerne als Einverständnis gedeutet, aber das Verhör, anders kann man es nicht nennen, nimmt kein Ende.

»In Staub mit allen Feinden Brandenburgs«, sagt der Chef.

»Ich verstehe nicht«, sagt Gramlich.

»Warst du mit dem Van in einer Waschanlage?« Der Chef spricht wie ein Vater zu seinem Kind, ruhig und betont sachlich.

Der Dicke reibt sich die Augen, gähnt geräuschvoll und sagt: »Es gab ein kleines Problem mit dem Wagen.«

»Ein Problem? Ich hoffe, du konntest es lösen. Du weißt, ich mag keine ungelösten Probleme. Sie ziehen in der Regel neue Probleme nach sich.« Der Tonfall des Chefs hat sich schlagartig verändert. Hinter jedem Wort lugt nun eine Drohung hervor.

»Noch nicht, weil das Problem tatsächlich ein zweites Problem nach sich gezogen hat«, sagt Gramlich und zeigt verhaltene Freude über seine Auffassungsgabe und sein sprachliches Geschick.

»Klartext!«, verlangt der Chef.

Werner Gramlich steckt sich eine Zigarette zwischen die Lippen, bittet artig um Feuer und entschließt sich, die ungeschminkte Wahrheit auf den Tisch zu legen.

»Vollidiot«, sagt der Chef, als Gramlich die Geschichte erzählt hat. »Oder besser, zwei Vollidioten. Aber du bist mit Abstand der größere. Du könntest Kaans Vater sein, du hast mehr Erfahrung. Du hättest …« Mit einer verächtlichen Handbewegung bricht er ab.

»Meine Schuld«, sagt Gramlich und senkt das Haupt. »Ich bringe das wieder in Ordnung.«

7

Strömberg kauft im Bahnhof Friedrichstraße Zigaretten und eine Zeitung. Vor der Tür reißt er die Packung auf, total auf Entzug seit zwei Stunden, vor dem Bahnhof raucht er zwei Zigaretten hintereinander und lauscht einem Akkordeonspieler, der avantgardistisch klingende Melodien spielt, wirft eine Münze in den Schuhkarton und nickt dem Musikanten wohlwollend zu.

In der S-Bahn versteckt er sich hinter dem Sportteil, aber die Blicke durchlöchern das Papier. Er legt die Zeitung zur Seite und verkündet: »Ich bin in ein Grab gefallen. In einem Grab liegt es sich recht kommod. Wir müssen den Tod nicht fürchten.«

Die Glotzer wenden sich ab von dem scheinbar Gestörten, der unter Umständen gefährlich werden, ein Messer zücken und wahllos auf alle einstechen könnte. Nur ein junger Mann in ähnlich desolatem Zustand wie Strömberg – Herrchen eines sabbernden Schäferhundes – quetscht sich neben ihn. Auf der Vorderseite des verwaschenen T-Shirts prangt in Schreibschrift: *Wir kriegen euch alle!*

»Ich heiße Kalle und mir geht es gerade nicht besonders gut«, sagt der Hundehalter.

»Da haben wir etwas gemeinsam«, sagt Strömberg.

Der Hund wischt den Sabber an seiner Hose ab. Unter besseren Umständen wäre Strömberg aufgebraust und hätte Hund und Herr zur Ordnung gerufen, aber jetzt ist es nicht von Bedeutung. Der Anzug taugt nicht einmal mehr für die Altkleidersammlung.

»Hast du mal ein bisschen Kleingeld übrig?«

Strömberg verneint, würde lieber von seiner Graberfahrung reden, hat auf einmal ein Mitteilungsbedürfnis, wie es sonst nicht seine Art ist.

»Hörst du schlecht? Deinen Fahrausweis …«

Der kahlgeschorene Typ duzt ihn, so selbstverständlich bieten die Leute das Du an, wenn sie glauben, einer stünde in der sozialen Skala unter ihnen.

»Für Sie Sie«, sagt Strömberg, jedes Wort betonend und mit einem grimmigen Blick.

Der junge Mann, der, so mutmaßt Strömberg, vor kurzem noch Obdachlosenzeitungen unter das Volk gebracht hat, hält ihm seine Legitimation unter die Nase. Kalle und sein sabbernder Schäferhund sind rechtzeitig getürmt.

»Dürfte ich jetzt Ihren Fahrausweis sehen«, sagt der Kontrolleur unfreundlich.

»Gerne«, sagt Strömberg. »Nur habe ich mir dummerweise den Transport mit der U-Bahn erschleichen wollen. Sicher zahlt man Ihnen eine Fangprämie. Andererseits schweben Sie ja auch immer in der Gefahr, eine in die Fresse zu bekommen.«

Strömberg versucht sich aufzurichten, wird von dem Fahrkartenkontrolleur in den Sitz gedrückt. Am Hansaplatz muss er aussteigen. Der Mann geht wieder zum Du über. Die Formalitäten sind rasch erledigt. Strömberg löst einen Fahrschein. Am Nauener Platz überwältigt ihn ein eigentümliches Heimatgefühl. Gäbe es eine Wedding-Fahne und würde er dann auch ein Exemplar davon besitzen, so würde er sie jetzt wohl schwenken.

Vom Obst- und Gemüsehändler fallen wohlklingende arabische Silben auf das Pflaster, der halbe Orient im Sonderangebot, umringt von Kopftuchfrauen, Kindern, deutschen Rentnern und Studenten.

Ein paar Schritte weiter haben die Besitzer des Afrika-Ladens Stühle und Tische auf den Bürgersteig gestellt, trinken Kaffee und palavern. Sie leben, alle leben sie irgendwie im Wedding: die zahlreichen Trödler, die morgens ihren Kram vor den Laden schleppen, um ihn dann nach Geschäftsschluss wieder wegzuschließen. Die vielen kleinen Händler, türkische und deutsche, die Imbissbudenbesitzer unterschiedlicher Nationalität, die preiswerten Gourmettempel der kleinen Leute, dazu die ungezählten Friseursalons. Sie leben. Strömberg fragt sich jeden Tag, wie sie den Überlebenskampf bewältigen.

Vor den Internetcafés lungern die kleinen Gauner herum, die Checker, die Verticker und die Dealer, immer das Handy am Ohr, auf dem kurzen Flucht- oder Verkaufsweg zur U-Bahn.

Ihre Väter sitzen die Zeit in ihren Vereinslokalen ab: die Zufluchtsorte vor der Langeweile, den zu engen Wohnungen, dem Kindergeschrei, vor den Auseinandersetzungen mit den Söhnen, die ihnen nicht mehr gehorchen. Sie spielen Karten oder Brettspiele, trinken Tee, gucken Fußball oder bahnen kleine Geschäfte an: die Börse der Schattenwirtschaft. An jeder Eingangstür steht deutlich deutsch: *Zutritt nur für Vereinsmitglieder. Der Vorstand.*

Strömberg, der unverbesserliche Sozialromantiker, wünscht sich, in diesen geschlossenen Männergesellschaften wäre man aufgeschlossen für Bildung: lesende und das Gelesene diskutierende Männer, die sich ihrer Lage bewusst sind und entsprechend handeln. Wissen ist Macht. Daran glaubt er noch immer und daran, dass wissensdurstige und bildungshungrige Menschen sich selbst und ihre Lage verändern können.

Strömberg lehnt sich an eine Straßenlaterne, zückt sein korallenrotes Notizbuch und notiert: *Hoffnung ist die Mutter der Dummheit.*

Er hätte gerne im Café Kralle gefrühstückt, französisch, aber in seinem Zustand zieht er eine heiße Dusche vor. Plötzlich hat er große Sehnsucht nach seiner Zweizimmerwohnung mit abgezogenen Dielen, hundertjähriger Altbau, Hinterhaus, vierter Stock. Die Post schiebt der Briefträger durch den Türschlitz. Heute liegt kein Brief hinter der Tür, auch der Anrufbeantworter blinkt nicht. Besser keine Nachrichten als schlechte. Die amtlichen Hiobsbotschaften treffen in der Regel zum Wochenende ein: Rechnungen, Mahnungen, die Androhung von Vollstreckungsmaßnahmen.

Strömberg legt sie meistens ungeöffnet auf den Schreibtisch, wo er sie nicht selten vergisst. Bisher hat er Glück gehabt. Sie geschehen hin und wieder, die kleinen Wunder, ausgeführt von Engeln, die unerwartet erscheinen, eine Lesung oder einen neuen Buchauftrag bringen, schweigsame, verschlossene Wesen, die nicht viel Aufhebens um die vollbrachten Wunder machen.

Strömberg stopft den Anzug in eine Plastiktüte, hofft, dass er die Schuhe noch retten kann, kritzelt in sein Notizbuch: *Denker denken schon, was die Denker denken.*

8

Anette Schwarz genießt die Zeit im Café Schadé in der Tegeler Straße, dreißig bis vierzig Minuten, die sie sich selbst schenkt, wann immer es möglich ist: ihre Mittags- und zugleich Besinnungspause.

Während sie den Zucker im Kaffee verrührt, fasst sie die bisherigen Erkenntnisse zusammen: Fundort ist nicht gleich Tatort. Todeszeitpunkt etwa um drei Uhr in der Nacht. Die genaue Todesursache ist noch unbestimmt. Äußere Gewalteinwirkung, starke innere Blutungen, so viel steht fest. In Fundortnähe haben die Spurensucher zahlreiche Fußspuren unterschiedlicher Größe gefunden: Ein Schwergewicht und ein Leichtgewicht, gut erkennbare Abdrücke, die an der Mauer zur Chausseestraße enden. Unweit des Friedhofs sind in der Nacht zwei Autos abgebrannt: eine Luxuskarosse schwäbischer Bauart und ein eher bescheidener Japaner, Berliner Allnächtlichkeiten, hinter denen vermutlich politisch motivierte Zündler stecken und die deshalb vom Staatsschutz verfolgt werden.

Die Identität und das Alter des Opfers sind noch nicht geklärt. Es gibt eine Fülle von verwertbarem DNA-Material, das den oder die mutmaßlichen Täter mühelos überführen wird. Zunächst muss sie wissen, um wen es sich bei dem Toten handelt, dann kann sie mit den Ermittlungen in seinem persönlichen Umfeld beginnen.

Zuerst hat Anette Schwarz an eine Inszenierung geglaubt: ein halbnackter Toter im offenen Grab ... eine Metapher? Für was, für wen? Fragen, die sie nur sich selbst stellt. Typisch für unsere Esoteriktante, würden die Kollegen witzeln. Dummerweise hat sie einmal ausgeplaudert, dass sie gerne Märchen liest und bei Vollmond bisweilen sehr schlecht oder gar nicht schläft. Und bei dem wöchentlichen Tippspiel der Direktion 3 sagt sie oft die richtigen Fußballergebnisse voraus, obwohl sie keine Ahnung von Fußball hat, und gewinnt zwei- bis dreimal im Monat den Jackpot, immerhin fünfzig Euro. Kein Wunder also, dass sie den Ruf weg hat, Esoterikerin mit hellseherischen Fähigkeiten zu sein. Sie kann gut damit leben.

Dabei sind es nach ihrer Erfahrung die Männer, die sich bei den Ermittlungen leicht von Gefühlen und, schlimmer noch, von Vorurteilen beeinflussen lassen.

Sie führt die Tasse zum Mund, ein kurzer Blick auf die Armbanduhr, und überlegt, ob es etwas bringt, noch einmal diesen Strömberg zu befragen, fingert seine Visitenkarte aus der Innentasche der Lederjacke, die sie über den Stuhl gehängt hat: Schriftsteller … Sie hat niemals von einem Strömberg gehört, geschweige denn gelesen. Vermutlich ein Spinner, eine gescheiterte Existenz, Alkoholiker und Idealist und natürlich beladen mit allem Schmerz der Welt. Nicht wirklich unsympathisch, aber kein Mann, der für eine Frau wie sie gefährlich werden könnte.

Während sie die Rechnung begleicht, fiept ihr Handy: Dr. Waller von der Gerichtsmedizin, von allen nur Wallerchen genannt, nicht gerade passend bei einer Körpergröße von 190 Zentimetern.

»Was gibt es, Waller?«, fragt sie und versucht, nicht allzu

vertraulich zu klingen, schließlich sind sie einmal ein Paar gewesen, eine Kurzgeschichte vor drei Jahren. Sie hat die Beziehung beendet, ohne ihm damals einen schlüssigen Grund genannt zu haben. Verlieben und wieder entlieben, dagegen ist noch kein Kraut gewachsen.

»Der Tote, den ihr mir gebracht habt, war randvoll mit einem Aufputschmittel ...«

Anette Schwarz lässt das Wechselgeld auf dem Tisch liegen, schnappt mit einer Hand die Jacke, drückt das Handy fester gegen das Ohr und läuft vor die Tür.

»Pervitin«, ergänzt der Gerichtsmediziner. »Heute in der Techno-Szene unter dem Modename Jaba oder auch Thai-Ecstacy bekannt. Das Zeug wurde 1938 von einer deutschen Firma hergestellt. Es ist eine Stimulanzdroge und fand unter deutschen Soldaten millionenfach Verwendung und zwar unter so einfallsreichen Spitznamen wie Stuka-Tabletten oder Hermann-Göring-Pillen. Und unsere Helden von Bern sollen ebenfalls ...«

»Gut, gut«, sagt Anette Schwarz, nur um etwas zu sagen und vor allen Dingen, um Wallers Redeschwall zu unterbrechen.

»Die Droge unterdrückt Müdigkeit und Schmerz«, fährt der Mediziner unbeirrt fort. »Sie verleiht Selbstbewusstsein und gibt das Gefühl von Stärke. Der Tote ist an Herzversagen gestorben. Die Einzelheiten stehen in meinem Bericht. Was hältst du davon, wenn wir mal wieder schick ausgehen? Ich habe einen neuen Italiener entdeckt, sehr romantisch und eine erstklassige Küche.«

»Wallerchen, Wallerchen, fast könnte man meinen, du hättest auch ein Aufputschmittel genommen«, sagt Anette Schwarz und lacht unsicher.

»Essen ist die einzige Leidenschaft, die mir geblieben ist«, sagt Dr. Waller. »Überleg es dir.«

Anette Schwarz verspricht, darüber nachzudenken.

9

»Meine Fresse!«

Der Dicke glaubt, einen Wachtraum zu träumen, was ja auch kein Wunder gewesen wäre nach achtundzwanzig Stunden Schlafentzug.

»Haben Sie dir ins Hirn geschissen?« Kaan lacht angeberisch. »Verstehe sowieso nicht, warum der Chef mich geholt hat. Den Reifen musst du sowieso allein wechseln. Meine zarten Finger sind dafür nicht geeignet. Habe gerade mit meiner Freundin ein paar nette Fingerspiele gemacht, du verstehst?« Er vollführt mit den Händen eine obszöne Bewegung, die veranschaulichen soll, was er meint.

Werner Gramlich dreht sich einmal um die eigene Achse, richtet die Hände zum Himmel, als erwarte er von dort irgendein Zeichen, bleibt allerdings zeichenlos und ohne Van. Sucht er in der falschen Straße? Oder ist der Wagen etwa geklaut worden?

»Ich hab die Schnauze voll«, sagt Kaan, der statt eines Anzugs eine schwarze Jogginghose, ein gelbes Sweatshirt und eine schwarze Basecape trägt.

Gramlich schwitzt in seinem Anzug und denkt sich die Gehirnwindungen wund, läuft die Gedanken und die Zinnowitzer Straße auf und ab, während Kaan gelangweilt in der Nase popelt.

»Was soll das, Dicker?«, fragt Kaan. »Weg ist weg. Wir können ja zu den Bullen gehen und eine Anzeige machen.« Er streckt den Stinkefinger in die Luft, zieht die Basecape tief ins Gesicht und lacht über seinen Einfall.

»Idiot«, zischt Gramlich.

Warum hat der Chef ihn mit diesem Schwachkopf gestraft? Hat er nicht stets erstklassige Arbeit abgeliefert und ohne jemals zu murren auch den kuriosesten Auftrag ausgeführt? Und stets zur vollsten Zufriedenheit seines Auftraggebers. Dieser Türke oder Araber hat ihm nur Pech gebracht, eine unglaubliche Pechsträhne, deren Ende nicht absehbar ist.

»Du hockst in der Scheiße«, bringt Kaan die Situation seines Kollegen auf den Punkt. »Aber ich ziehe dich nicht aus der Kacke.« Er lüftet kurz die Basecape und watschelt über die Fahrbahn.

Gramlich sieht Kaan hinterher, bis er außer Sichtweite ist. Er würde sich niemals in dieser Proll-Uniform unter Menschen wagen. Der Typ hat kein Format, aber er ist der Protegé des Chefs, sonst hätte er ihm längst die Fresse poliert.

Gramlich hätte alles gegeben für eine Mütze voll Schlaf. Wie in Trance nähert er sich der Friedhofspforte und dreht rasch ab, als er die Uniformierten erblickt. Es ist zu erwarten gewesen, dass der Tote bald in dem Grab gefunden werden würde. Seine Schuld. Er zieht das Jackett aus und hängt es sich über die Schulter, sucht noch einmal die Straße ab, in der er mit ziemlicher Sicherheit den Van geparkt hat, läuft durch Nebenstraßen, hat auf einmal das niederschmetternde Gefühl, unaufhörlich im Kreis zu laufen und niemals an ein Ziel zu gelangen. Er tritt gegen eine leere Colabüchse und verflucht den Tag, an dem er den Chef im Knast kennen gelernt hat.

10

Strömberg sitzt nackt vorm Computer und spielt Solitär. Ab und zu denkt er an seinen Grabgenossen, aber keineswegs bedrückt oder gar schockiert, eher wie an eine heitere Episode, die man bei Gelegenheit zum Besten geben kann. Zwei Männer teilen sich ein Grab, der eine betrunken, der andere offensichtlich totgeschlagen. Sehr komisch. Oder nicht? In England könnte er mit der Geschichte einen programmfüllenden Unterhaltungsabend bestreiten.

Ist seine Reaktion ein Akt der Verdrängung? Dabei ist er kein Meister im Verdrängen. Selbst an das zertrümmerte Gesicht kann er sich nur noch schemenhaft erinnern. Ist aus ihm ein abgestumpfter Zyniker geworden? Dabei verachtet er jegliche Art von Gewalt und zappt schnell weiter, wenn im Fernsehen gemordet wird.

Er sucht nach der Karte der Hauptkommissarin, findet sie auf dem Küchentisch, tippt die Nummer, stellt das Telefon aber auf das Ladegerät zurück, weil er es auf einmal albern findet, sie bei der Arbeit zu stören.

Wäre es nicht gescheiter, die Geschehnisse der vergangenen Nacht aufzuschreiben? Eine vage und konturenlose Schreibidee, die sich bereits mächtig aufbläst, lockt ihn wieder an den Rechner. Er richtet ein neues Word-Dokument ein, tippt seinen Namen, die Überschrift: *Der Tote auf dem Friedhof* ...

Zugegeben, kein besonders origineller Anfang, aber den Titel kann er später immer noch ändern. Die meisten Bücher werden sowieso nur zu Ende geschrieben, weil der

Autor den Vorschuss nicht zurückzahlen kann. Da hakt die Geschichte bereits. Bis zu einem Vertrag ist es noch ein steiniger Weg. Trotzdem, die Idee, einen Krimi zu schreiben, gefällt ihm. Alles im Leben hat seinen Sinn, auch sein nächtlicher Fehltritt auf dem Dorotheenstädtischen Friedhof. Nun fehlt nur der passende Rahmen, Motiv, Hinter- und womöglich auch Vordergrund, Verdächtige, andere involvierte Personen, Schauplätze und Handlungsorte, Aufklärer und Verhinderer, reißfeste Erzählfäden, Verstrickungen und Wendungen und natürlich am Ende die Lösung, eingebunden in einen hollywoodreifen Showdown …

Strömberg klatscht vor kindlicher Freude in die Hände. Der Spaß vergeht ihm gleich wieder, als er mit seiner Steuerberaterin spricht, Maike Scholz, eine verständnisvolle Dame, die von einer angekündigten Zwangsvollstreckungsmaßnahme erzählt, eine Drohung, mit der nicht zu spaßen sei.

»Ich kümmere mich«, sagt die Steuerberaterin.

»Es bekümmert mich, dass ich ein Fall zum Kümmern bin«, meint Strömberg und bedankt sich.

Nach dem Telefonat liegt seine Idee winzig und eingeschüchtert neben dem Computer. Gibt es tatsächlich für alles eine Lösung, wie die Berufsoptimisten behaupten? Sein Glas ist schlicht und ergreifend leer. Und er hat nicht die leiseste Ahnung, wann er es wieder auffüllen kann.

Er versucht, die Gedanken auf die Schreibidee zu lenken, aber die fiskalische Realität erweist sich als Feindin der Kreativität. *Vielleicht hätte ich ein großer Schriftsteller werden können, wenn ich nicht Schriftsteller hätte werden wollen* ... Wieder ein Satz für das korallenrote Notizbuch, Unsterblichkeitssätze, zur späteren Verwendung. Irgendwann, da ist er sich sicher, fügt er die Geistesblitze zu einem bedeutenden Werk zusammen, das ihn überleben wird. *Ich wollte die Welt beschreiben, weil es zu einsam war, in einer unbeschriebenen Welt zu leben* ... Leider nicht von ihm, sondern von Nicole Krauss.

Und plötzlich ist Strömberg wieder verliebt ins Gelingen. Es liegt in seiner Hand, ob es gut oder schlecht endet. Seinem Einfall folgt eine Erleuchtung, die seine Zukunft in hellem Glanz erstrahlen lässt. Er formuliert sein Angebot, hält tausend Euro für angemessen, erhöht auf zweitausend, hält fünfzehnhundert für einen tragfähigen Kompromiss und wählt sich ins Internet ein. Wenige Mausklicke später steht sein Angebot im weltweiten Web: *Ein (nicht ganz unbedeutender) Schriftsteller bietet Ihnen die einmalige Gelegenheit, für fünfzehnhundert Euro die Hauptfigur in einem Kriminalroman zu werden* ...

Eine Stunde später ersetzt er *unbedeutender* durch *unbekannter*.

11

Werner Gramlich beißt sich die Finger blutig, die letzte Möglichkeit, um nicht auf der Stelle in einen Dornröschenschlaf zu fallen. Man hätte ihn nur anzutippen brauchen, und er wäre umgestürzt wie ein gefällter Baum. Er ist in einer Verfassung, in der er alles und jeden verraten und alles und jedes mit sich hätte geschehen lassen.

»Schlafen schlafen, ich muss schlafen, schlafen, schlafen …«, brabbelt er vor sich hin, während er die Friedrichstraße überquert. Fast wäre er vor ein Auto gelaufen. Der Fahrer hupt, bremst aber nicht und steuert den Wagen millimeterknapp an Gramlich vorbei. Gramlich bleibt breitbeinig mitten auf der Fahrbahn stehen und droht mit der Faust.

»Alles in Ordnung?«

Anette Schwarz hakt die anscheinend hilflose Person unter und bringt sie in Sicherheit.

»Ist Ihnen nicht gut? Soll ich einen Rettungswagen rufen? Verstehen Sie mich?«

Gramlich nickt. »Entschuldigung«, sagt er, ohne dass er genau weiß, wofür er sich zu entschuldigen hätte. »Entschuldigung, ich bin sehr, sehr müde …«

»Das bin ich auch«, sagt Anette Schwarz und ärgert sich, weil sie ohne zwingenden Grund in die Rolle einer Schülerlotsin geschlüpft ist. »Kann ich sonst noch etwas für Sie tun?«

Der Dicke fährt sich mit beiden Händen über die Glatze und verneint.

»Gut, gut«, sagt Anette Schwarz.

Da erblickt er auf der gegenüberliegenden Straßenseite einen Döner-Imbiss. Anette Schwarz zückt im Weggehen ihr Handy.

»Entschuldigung«, brüllt der Dicke und streckt die Arme nach der Hauptkommissarin aus. »Entschuldigung!«

»Was denn noch?« Anette Schwarz steckt ihr Handy in die Innentasche der Motorradlederjacke, hebt und senkt die Augenbrauen und stemmt die Arme in die Hüften. Fehlt nur noch, dass sie mit den Füßen scharrt. Gramlich zuckt zusammen. Er entschuldigt sich erneut.

»Schon gut. Also, was gibt es noch?«

»Ich müsste mal eben auf die andere Seite«, sagt Werner Gramlich. »Wenn Sie vielleicht so freundlich wären …«

Anette Schwarz rollt die Augen, packt den Dicken am Arm und führt ihn bis vor den Eingang zur Imbissbude. Er haucht ein Dankeschön, versucht einen Handkuss, greift ins Leere, verliert das Gleichgewicht, kippt nach vorn und knallt hart auf den Asphalt. Wieder bittet er um Verzeihung, als er vor der Hauptkommissarin kniet.

»Aufsteh'n!«

Der Befehlston bringt den Dicken zügig auf die Beine.

»Ich bin so schrecklich müde«, jammert er.

»Dann gehen Sie doch nach Hause und schlafen sich aus«, sagt sie. »Sie haben doch ein Zuhause?«

»Ja, eine gute Idee«, sagt Gramlich.

»Gut, gut«, sagt Anette Schwarz und entfernt sich mit schnellen Schritten. Die Zahl der Geistesgestörten in dieser Stadt hat sich in den letzten Jahren dramatisch erhöht. Davon ist die Hauptkommissarin überzeugt, auch wenn sie es nicht mit Zahlen belegen kann.

Gramlich schleppt sich mit letzter Kraft in den Dönerladen, zieht die Tür hinter sich zu und atmet die Gerüche ein: Fettwolken, die mit Knoblauchduft und Thymianaroma versetzt sind, wecken neue Lebensgeister. Er bestellt einen Döner, eine vegetarische Pizza und ein großes Wasser.

Gramlich ist der einzige Gast.

Der Döner-Mann bleibt an seinem Tisch stehen und verschränkt die Arme hinter seinem schmalen Rücken.

»Alles in Ordnung?« fragt er, als Gramlich ein Stück von der Pizza abgebissen hat.

Er kaut und nickt und nippt an seinem Pappbecher.

»Heute Nacht haben sie wieder zwei Autos abgefackelt«, sagt der Döner-Mann und fletscht seine nikotingelben Zähne. »Diesmal haben sie in der Zinnowitzer Straße zugeschlagen. Was sind das nur für Menschen?«

»Keine Ahnung«, schnauft Gramlich.

»Bezahlt ja alles die Versicherung«, sagt der Döner-Mann und wischt die Hände an seiner fettgebräunten Schürze ab. »Sind ja immer nur Bonzenautos.«

Gramlich bejaht und probiert den Döner. Die Kräutersoße läuft links und rechts über seine Hände. Der Döner-Mann bringt ihm rasch einen Packen Servietten.

»Auf dem Dorotheenstädtischen haben sie eine Leiche gefunden«, fährt der Döner-Mann fort. »Mausetot. In einem Grab. Und darunter lag noch einer …«

»Wie, noch einer?«, hakt Gramlich nach.

»Wahrscheinlich ein Penner, der in dem Grab übernachten wollte«, erzählt der Döner-Mann. »Auf so eine Idee musst du erst einmal kommen. Und patsch liegt ein Toter auf dir.« Er grinst breit. »Und patsch«, wiederholt er mehrmals und klatscht dabei in die Hände.

»Patsch«, sagt Gramlich mit düsterer Miene.

Der Appetit ist ihm vergangen. Er leert das Wasser in einem Zug, zahlt, läuft zum Weidendamm und telefoniert mit dem Chef.

12

»Von all den unbekannten Dichtern bin ich einer der bekanntesten«, sagt Strömberg mit einem traurigen Lächeln.

»Du bist ein großer Dichter«, sagt Hatun und legt viel Inbrunst in ihre Stimme.

Strömberg seufzt. Er fühlt sich durchaus geschmeichelt, ist sich allerdings nicht sicher, ob die türkische Bäckersfrau an diesem Donnerstag im August die bittersüße Ironie seiner Worte verstanden hat. Seit er ihr vor einem Jahr seinen ersten und bislang einzigen Gedichtband geschenkt hat, gibt sie zu den zwei Schrippen, die er regelmäßig bei ihr kauft, noch einen Schusterjungen dazu und erkundigt sich nicht nur nach seiner Gesundheit.

»Hast du Neues geschrieben?«, fragt sie jedes Mal. »Du musst dich wieder verlieben. Ich will bald neue Gedichte von dir lesen.«

Einmal hat sie von Onkel Achmed erzählt: Bauer und Dichter in einem anatolischen Dorf, der mit einem einzigen Gedicht das Herz seiner Auserwählten erobert hat. Hatun kann die Verse auswendig, Strömberg auch bald, so oft hat er sie inzwischen gehört: ... *Aishe, du bist der Strom meiner Liebe, Aishe, du bist das Meer meiner Sehnsucht ...*

»Meine Worte sind in den Wind gesprochen«, sagt Strömberg.

»Schreibe doch ein Buch über mich«, sagt Hatun. Sie verdreht die Augen und schlägt die Hände vors Gesicht, als sei sie entsetzt über das, was ihr Mund redet. Im Hinterzimmer quäkt Nura, Hatuns zweijährige Tochter.

»Wir sind auf der Erde, um zu wachsen«, meint Strömberg und zieht eine Zeitung aus dem Zeitungsständer. Er legt das Geld abgezählt auf die Theke und wirft einen Blick auf die Schlagzeilen des Tages.

»Nur Mord und Totschlag auf der Welt«, sagt Hatun.

Strömberg schlendert zum Leopoldplatz und mischt sich unter die Freizeittrinker: eine klassenlose Gesellschaft, die das ALDI-Bier und ihren Goldbrand gegen die Globalisierung verteidigen. Menschen beiderlei Geschlechts, die irgendwann unter irgendwelche Räder gekommen sind und ihre Beschädigungen anscheinend nur in einem Dauerrausch ertragen.

Ein wankender Zottelbär pisst ungeniert gegen einen Baum. Selbst die paar Schritte bis zur Nazarethkirche sind ihm offenbar zu weit.

Strömberg findet eine freie Bank, schlägt die Beine übereinander und die Zeitung auf und wird gleich von einem hohlwangigen Mann unbestimmten Alters angequatscht: »Haste mal 'ne Zigarette, Meister?«

Strömberg streckt ihm schweigend die Packung entgegen, weniger aus Mitgefühl oder Rauchersolidarität, sondern weil er es leid ist, von seiner Armut zu erzählen, die ihm sowieso niemand glaubt, weil sie nach den landläufigen Vorstellungen nicht sichtbar ist. Anzug und glänzendes Schuhwerk sind der Beweise für Wohlstand und Wohlergehen, jedenfalls für Weddinger Verhältnisse.

»Noch eine für meinen Kumpel, Meister.«

Der Freizeittrinker wartet gar nicht erst die Antwort ab.

Strömberg zieht die Packung geschwind zurück und flüchtet vor der Unverschämtheit. In der Grünanlage am Zeppelinplatz kann er in Ruhe seine Schrippen verzehren und Zeitung lesen.

Nichts. Dürre Zeilen, die sogar ohne die üblichen Mutmaßungen auskommen wie: Russenmafia, Familienfehde mit Migrantenhintergrund, Racheakt im Drogen- oder Rockermilieu, eine politisch motivierte Tat von ganz links oder ganz rechts, nichts dergleichen. Ein Toter, ein unbekannter Toter, übel zugerichtet, gestorben an Herzversagen. Das ist Fakt. Sachdienliche Hinweise und so weiter …

Strömberg faltet die Zeitung sorgfältig zusammen und trägt sie zum nächsten Papierkorb. Die Brötchentüte zerknüllt er und kickt sie auf den Rasen. So viel anarchische Freude darf er sich ausnahmsweise gönnen, da er doch mit keinem Wort in dem Artikel erwähnt wird, ein guter Grund, die Hauptkommissarin anzurufen und für ihre Diskretion zu danken. Wenn er nur nicht so feige wäre.

Die Schreibidee meldet sich zu Wort, während er über die Müllerstraße schlendert, vorbei an den zahlreichen Ramschläden mit Billigprodukten aus Fernost. Die arme Schwester des Kudamms versucht es gar nicht erst, mit Schnick und Schnack putzig zu wirken.

Strömberg trinkt im Stehen einen Kaffee und entschließt sich dann für einen Abstecher in den Schillerpark: *…ein Park im Exil. Er sieht aus, als wäre er einmal im Westen gewesen und als hätte man ihm, anlässlich seiner Verbannung, seinen Schmuckteich genommen und die Edelschwäne* *und das Wetterhäuschen mit Barometer und Sonnenuhr.* So hat ihn Joseph Roth im *Berliner-Börsen-Courier* 1923 beschrieben, bis heute zutreffend, wie Strömberg findet.

Auf der Wiese wird Fußball gespielt. Jogger drehen ihre Runden und, obwohl es verboten ist, springen überall Hunde herum, unangeleint natürlich. Dazwischen einsame Sonnenanbeter und muslimische Großfamilien auf Decken und Campingstühlen, gut im Futter.

Strömberg setzt sich auf eine Bank, schlägt sein korallenrotes Notizbuch auf, kaut lange auf dem Kugelschreiber herum und …

»Sie gestatten?«

Der Eindringling wartet gar nicht erst die Antwort ab. Strömberg schnauft ungehalten und steckt das Schreibzeug weg.

»Ein schöner Tag, dieser Tag«, sagt der Fremde.

»Jeder Tag ist ein guter Tag, um geboren zu werden. Jeder Tag ist ein guter Tag, um zu sterben«, zitiert Strömberg Papst Roncalli.

Er mustert den Störenfried von der Seite: ein dicker Mann in einem schlecht sitzenden, taubenblauen Anzug, gepflegte Schuhe, kahlköpfig, Mäuseaugen und umgeben von einem hauchfeinen Schleier aus Melancholie. Das nimmt ihn ein für Strömberg.

»Wir können es uns nicht aussuchen«, sagt der dicke Mann.

»Und das ist auch gut so«, sagt Strömberg.

»Sie sind Schriftsteller?« Der Dicke kneift die Augen

zusammen und ähnelt einen Augenblick einem chinesischen Koch aus einer Fernsehserie.

Strömberg hätte nicht überraschter sein können. Niemals vorher hat ihn jemand im Wedding als Schriftsteller erkannt oder gar angesprochen.

»Sie kennen mich? Woher kennen Sie mich?«

»Ich kenne Sie nicht. Mein Chef möchte Sie gerne kennenlernen«, sagt der Dicke und macht eine Handbewegung, als wolle er den melancholischen Schleier durchlöchern.

»Wie heißt Ihr Chef?«

»Das wird er Ihnen selber sagen.«

»Was will er von mir?«

»Auch das wird er Ihnen selber sagen.«

»Wenigstens eine klitzekleine Andeutung«, bettelt Strömberg.

»Ich bin nicht befugt«, antwortet der Dicke. »Ich bin nur der Bote, sozusagen.«

»Und wenn ich mich weigere?«, versucht Strömberg es mit einem Bluff, denn er denkt gar nicht daran, dem Fremden nicht zu folgen. Schritte ins Ungewisse, eine Verlockung, der er niemals widerstehen könnte. Das innere Kind in ihm lebt und verlangt die Befriedigung seiner Neugierde. Strömberg ist froh, dass er sich seine Kindlichkeit bewahrt hat, auch wenn dumme Menschen kindlich mit kindisch verwechseln.

In der Bristolstraße steigen sie in einen weinroten Geländewagen. Der Dicke bietet Strömberg eine Zigarette an.

Beide öffnen sie fast zeitgleich das Seitenfenster einen Spaltbreit und blasen den Rauch ins Freie.

»Ist es weit?«, fragt Strömberg, als sie auf der Seestraße an einer Ampel halten müssen.

»Der Chef erwartet Sie im Café Schadé«, sagt der Dicke. »Kennen Sie den Laden?«

»Tegeler Straße?«, vergewissert Strömberg sich.

Der Dicke lässt die Reifen quietschen. Strömberg findet es merkwürdig, dass das Treffen in einem Café stattfindet, sagt aber nichts. Was hätte er auch sagen können? Obwohl es grotesk ist, wenn einem Schriftsteller die Worte fehlen. *Ich wollte die Welt beschreiben ...* Das haben andere vor ihm getan. Deshalb sitzt er ja an diesem Donnerstag im August neben dem dicken Mann im Auto und nicht vor seinem Computer.

Der Mann, den der Dicke Chef nennt, hat sich verspätet. Der Dicke hebt bedauernd die Arme und weist Strömberg einen Platz neben der Tür an.

»Bestellen Sie sich ruhig etwas zu trinken«, sagt er. »Geht natürlich auf den Chef. Ich habe noch zu tun. Leider. Ich hätte gerne einmal mit einem echten Schriftsteller ein paar Worte gewechselt. Jedenfalls werde ich mir Ihre Bücher besorgen und selbstverständlich auch lesen. Wenn wir uns wieder begegnen, schreiben Sie mir vielleicht eine Widmung rein.«

»Gerne«, sagt Strömberg und möchte noch eine kluge Anmerkung zum Lesen nachreichen, aber der Dicke ist schon vor der Tür und hat nur einen Hauch seiner

Melancholie zurückgelassen, der sich bald verflüchtigt.

Strömberg fragt die Kellnerin, ob sein Freund Pinot Grigio im Angebot sei, bestellt einen halben Liter und schaut flehentlich zur Decke. Ist er maulwurfsblind in eine Falle getappt? Eine Falle, die jeden Moment zuschnappen und ihn vernichten kann? Oder erlaubt sich jemand einen Scherz mit ihm? Wer könnte hinter der Verarsche stecken? Wo haben sie die Kamera versteckt?

Als sein Handy klingelt, ist er aufgeregter als ein Erstklässler. Ihre Stimme gibt seiner Stimme den Rest. Er räuspert sich, bringt trotzdem keinen Ton hervor. Handelt es sich bei diesem nebulösen Chef vielleicht um eine Chefin? Anette Schwarz, das könnte passen, das passt gewiss, und der Dicke ist ihr Harry-fahr-mal-den-Wagen-vor-Assistent. Darauf hätte er auch gleich kommen können.

»Wann und wo kann ich Sie sprechen?«, fragt die Hauptkommissarin.

»Wo und wann immer Sie mögen«, krächzt Strömberg und möchte sich am liebsten tief in den Hals greifen.

»In einer Stunde?«

»In einer Stunde«, wiederholt Strömberg mit der eigenartigen Piepsstimme eines Stimmbrüchigen.

»Wo?«

»Im Café Schadé.«

Anette Schwarz lacht. »Woher wissen Sie, dass das Schadé mein Lieblingscafé ist?«

»Männliche Intuition«, sagt Strömberg und klingt auf einmal wieder normal.

Dann widmet er sich seinem Freund, spürt Vorfreude auf die Hauptkommissarin und notiert: *Man hat einen Menschen noch lange nicht bekehrt, wenn man ihn zum Schweigen gebracht hat ...*

Ein unbekannter Mann streckt Strömberg die Hand entgegen. Strömberg schüttelt sie: ein kraftvoller, beinahe schmerzhafter Druck.

»Sind Sie der Chef?«

Der Mann setzt sich und bietet Strömberg eine Zigarette an.

»Danke«, sagt Strömberg. »Wir Raucher müssen zusammenhalten. Schließlich sind wir es, die dem Fiskus verlässlich Geld in die klammen Kassen pumpen. Außerdem sterben wir früher und schonen somit die Rentenkasse. Zum Dank werden wir überall herabgewürdigt und zu Asozialen abgestempelt. Finden Sie nicht auch?«

»Dissozial«, sagt der Mann und nimmt einen tiefen Zug. »Politisch korrekt spricht man von einem dissozialen Verhalten. Asozial klingt per se abwertend und diskriminierend.«

»Oh«, entfährt es Strömberg. Fast hätte er sich entschuldigt. Dabei hat er ja nur sich selbst abgewertet und diskriminiert.

Der vermeintliche Chef zupft einen unsichtbaren Fussel von seinem schwarzen Jackett, insgesamt ein Anzug von bester italienischer Qualität. Eine goldene Panzerkette von der Größe eines Lorbeerkranzes ziert den dicken Hals und ruht bis zum Bauchanfang auf einem silberfarbenen T-Shirt.

»Ich kann Ihnen zu dem Thema ein Buch empfehlen«, sagt der Mann und reibt seine platte Boxernase. »Eine wirklich lesenswerte Lektüre, von einem Professor geschrieben, dessen Name mir gerade entfallen ist. Er schildert darin den Unterschied zwischen dissozial und asozial. Insbesondere die Nazis haben dieses Unwort gegen unliebsame Volksgruppen verwendet. Aber ich nehme an, Ihnen ist die jüngere deutsche Geschichte nicht gänzlich unbekannt.«

Strömberg nickt ergeben und ertappt sich bei einem Klischee. Nie und nimmer hätte er diesen turbogebräunten Panzerkettenträger zu den belesenen Zeitgenossen gezählt. Was will dieser eloquente und offenbar gebildete Mensch von ihm? Strömberg ist beeindruckt und zugleich eingeschüchtert. Deshalb verkneift er sich auch die Frage, leert stattdessen in nervösen Zügen sein Glas.

Plötzlich glaubt er zu begreifen, was gerade gespielt wird: Jemand von seinen zahlreichen Gläubigern hat einen professionellen Geldeintreiber auf ihn angesetzt. Das intellektuelle Gehabe ist nur eine Maskerade, das Vorspiel vor dem Höhepunkt.

Strömberg wähnt sich in Gefahr. Sicher trägt die Panzerkette eine Waffe bei sich: Pistole, Totschläger, Messer, nicht zuletzt zwei Fäuste, die … Strömbergs Phantasie feiert eine Gewaltorgie. Hoffentlich verspätet der Schutzengel sich nicht.

»War wirklich nett, mit Ihnen zu plaudern«, sagt die Panzerkette unvermittelt.

Obwohl der Mann nichts verzehrt hat, legt er einen Zwanzig-Euro-Schein auf den Tisch und verlässt das Café grußlos.

Strömberg hält den Schein gegen das Licht, keine Blüte, soweit er das beurteilen kann. Ein Geldeintreiber, der Geld verschenkt? Oder ein Engel? Einer auf Bewährung, ein gefallener Engel, der sich bei Strömberg bewähren soll? Strömberg rollt den Schein zusammen und steckt ihn in die Hosentasche.

Ich verblute mit dem Sonnenuntergang und fließe in dunkle Wasser, schreibt Strömberg in sein korallenrotes Heft. Die poetisch-pathetischen Worte lassen sich vielleicht gelegentlich für ein Gedicht verwenden. Zugleich fällt ihm ein Satz von Gottfried Benn ein: *Ein Gedicht entsteht überhaupt sehr selten – ein Gedicht wird gemacht ...*

»Ich habe mich etwas verspätet. Ein Stau auf der Seestraße. Ein Segen, dass Sie ein geduldiger Mensch sind.« Die Hauptkommissarin ist blass und sichtlich angefressen und knallt ihre Lederjacke auf den Tisch. Strömberg, der Kavalier alter Schule, springt auf und rückt ihr den Stuhl zurecht.

»Was trinken Sie?«, fragt Anette Schwarz.

»Gerne noch einmal einen Pinot Grigio«, sagt Strömberg, der sich eingeladen fühlt.

»Gut, gut«, sagt die Hauptkommissarin. »Eigentlich bin ich ja im Dienst. Schmeckt er denn?«

»Der Wein ist nicht von allererster Güte«, sagt Strömberg. »Doch erfüllt er seinen Zweck.«

»Gut, gut …« Sie bestellt zwei Viertel Wein und eine große Flasche Mineralwasser. Strömberg lächelt zufrieden. Würde sie ihn auch noch zum Essen einladen, wäre es ein perfekter Nachmittag.

»Ist unsere Verabredung privater oder dienstlicher Natur?«, fragt Strömberg

»Ich hätte Sie auch vorladen können. Wäre Ihnen das lieber gewesen?«

»Dann hätte ich ja auf meinen Freund Pinot Grigio verzichten müssen«, sagt Strömberg und lacht krampfig wie ein Entertainer, der einen missglückten Gag retten will.

»Geschenkt«, sagt Anette Schwarz.

»Verdächtigen Sie mich noch immer oder schon wieder?«, fragt Strömberg.

Anette Schwarz prostet ihm mit dem Wasserglas zu und unterdrückt ein Gähnen.

»Also nicht«, sagt Strömberg. »Ich habe eine Theorie entwickelt.«

»Ich höre.«

»Vielleicht ist der Mann Opfer eines Verkehrsunfalls geworden. Der Fahrer hat ihn in das Grab geworfen, bevor er sich aus dem Staub gemacht hat.

»Halbnackt?«

»Tja.«

»Die Fakten sprechen eine andere Sprache«, sagt die Hauptkommissarin.

Strömberg hängt begierig an ihren Lippen, aber die Polizistin verrät keine Details.

»Und wie kann ich Ihnen behilflich sein?«, fragt er, um die Schweigepause zu überbrücken.

»Vermutlich gar nicht«, antwortet sie mit einer Offenheit, die ihn schmerzt.

»Ich bin der einzige Zeuge«, sagt er mit gespielter Empörung.

»Ein Zeuge, der nichts gehört und nichts gesehen hat«, entgegnet sie kühl. »Also ein völlig unbrauchbarer Zeuge.«

»Stimmt«, sagt Strömberg und sucht Trost beim Pinot Grigio. Sein Schreiben ist die tägliche Eroberung des Nutzlosen. Und als Grabzeuge ist er ebenfalls unbrauchbar. Die Nutzlosigkeit seines Lebens scheint in diesem Augenblick komplett zu sein. Der Blues kriecht unter die Haut, ein Zustand, den er lieber allein lebt und leidet, mit Edelschnulzen von Rosenstolz, Hermann van Veen, Rio Reiser, Leonhard Cohen oder Klaus Hoffmann, mit reichlich Tränen und sehr viel Selbstmitleid, mit Grübelgedanken an Anna und geschliffenen Monologen bis zum Sonnenaufgang: Zuversichtsreden, Flehworte, Flüche und Verwünschungen.

»Es ist eine Möglichkeit«, sagt Anette Schwarz auf einmal.

»Meistens gibt es mehrere Möglichkeiten, wie man sich das Leben vermasseln kann«, sagt Strömberg und überlegt, wie er sich auf elegante Weise verabschiedet.

»Ich kann nicht mit hundertprozentiger Sicherheit ausschließen, dass Sie gefährdet sind«, sagt die Polizistin.

»Ich bin zeitlebens in Gefahr, mich zu verlieren«, sagt

Strömberg. »Ich habe mich an die Liebe verloren, an Anna, an die Literatur, an Fußball, an die Gedichte von Paul Celan, die Lieder von Bob Dylan, die Prosa von Jean Paul …«

»Ernsthaft!«, unterbricht sie ihn.

»Ernsthaft und bei völliger Öffnung des Leibes und der Seele«, flüstert er und umklammert sein Glas mit beiden Händen.

»Zwei Mann haben den Toten in das Grab befördert«, verrät die Hauptkommissarin und streicht vorsichtig über ihre rote Haarsträhne. »Das ist eindeutig bewiesen. Natürlich sind sie in Eile gewesen. Trotzdem will mir nicht einleuchten, dass keiner von den Männern bemerkt haben will, dass schon jemand im Grab liegt.«

»Vielleicht haben sie geglaubt, ich sei tot«, sagt Strömberg.

»Kann sein, kann aber auch nicht sein. Gut möglich, dass es ihnen erst später aufgegangen ist. Und nun wundern sie sich, dass Sie, Herr Strömberg, mit keinem Wort in der Presse erwähnt werden.«

»Wofür ich Ihnen übrigens ausgesprochen dankbar bin«, sagt Strömberg und fügt leise hinzu: »Bin ich in Lebensgefahr?«

»Ich kann Sie nicht unter Polizeischutz stellen«, sagt Anette Schwarz. »Ein bisschen Vorsicht wäre in der Tat angebracht. Und wenn Ihnen etwas verdächtig erscheint, scheuen Sie sich nicht, mich zu informieren.«

Strömberg überlegt, ob er von der Begegnung mit dem Dicken und diesem eigenartigen Chef erzählen soll, verwirft den Gedanken, denkt daran, die Zeit mit der Hauptkommissarin hinauszuzögern, sucht nach Gesprächsstoff, nach Fragen, die er ihr stellen könnte. Aber er ist noch nie ein guter Fragensteller gewesen.

Der Blues ... Nur jetzt nicht allein bleiben und sich selbst ausgeliefert sein.

»Wann haben Sie Feierabend? Hat man in Ihrem Beruf überhaupt jemals Feierabend? Ein Schriftsteller zum Beispiel arbeitet immer, auch wenn er nicht am Schreibtisch sitzt. Man nimmt die Geschichten und die Figuren mit in den Schlaf und wacht mit ihnen auf. Sie verfolgen unsereins auf Schritt und Tritt, verhöhnen, wissen besser, wissen alles, wissen nichts, sind unzufrieden, über- und unterschätzen sich, spielen sich auf, drohen mit Ausstieg, schmeicheln, lügen, lieben, hassen. Schriftsteller sind einsame Menschen. Ist das bei Polizisten ähnlich? Ich kann mir vorstellen, dass wir auf dieser Ebene sehr viel gemeinsam haben. Vielleicht auch auf anderen Ebenen. Da helfen nur Worte, wenn wir es herausfinden wollen. Obwohl andererseits die Sprache bekanntlich die Quelle der Missverständnisse ist. Sie haben sicher auch einmal *Der kleine Prinz* gelesen. Aber wer sich missversteht, redet wenigstens noch miteinander und kann auf Umwegen wieder zu anderen Worten und zu Verständlichkeit finden. Mord und Totschlag sind das grausame, aber folgerichtige Ergebnis von Sprachlosigkeit. Wem die Worte fehlen, der schlägt zu, sticht zu, schießt ...«

»Gut, gut«, sagt sie und lacht schallend.

»Ich freue mich, wenn ich zu Ihrer Belustigung beigetragen habe«, sagt Strömberg und ist muffelig, weil er sich vor ihr entblößt hat und zum Schwätzer mutiert ist.

»Verzeihung«, sagt sie.

»Gern geschehen«, sagt er und winkt der Bedienung. »Alles zusammen …«

Anette Schwarz besteht darauf, die Rechnung brüderlich und schwesterlich zu teilen. Strömberg sagt kein Wort mehr.

»Verzeihen Sie, wenn ich das sage, aber Sie sind wirklich ein nicht alltäglicher Mensch, Herr Strömberg«, sagt Anette Schwarz.

»Ja, das ist wahr«, sagt Strömberg und zieht die Mundwinkel nach unten.

13

»Alles im grünen Bereich, Chef?« Werner Gramlich fehlen noch immer oder schon wieder viele Stunden Schlaf, ein stetes Schlafdefizit, das beständig anwächst. In diesem Leben würde er es nicht mehr ausgleichen können. Manchmal ist ihm auch übel. Ob er einmal einen Arzt aufsuchen soll? Er hasst Arztpraxen, die Wartezimmer und die Wartegemeinschaften, nach einer Stunde Wartezeit ist auch der Gesündeste mit mindestens drei Krankheiten versorgt.

»Was hältst du von diesem Schriftsteller?«, fragt der Chef. »Ist das unser Mann?« Auf seinem Schreibtisch liegt Strömbergs Roman *Als mein Leben in die Brüche ging*.

»Ich finde ihn irgendwie sympathisch«, sagt Gramlich.

»Ich will wissen, ob das unser Mann ist«, wiederholt der Chef und trommelt mit allen zehn Fingern auf dem Buchdeckel herum.

»Wer weiß das schon«, sagt Gramlich.

»Komm' mir bloß nicht philosophisch«, schnarrt der Chef. »Dafür bin ich zuständig.«

»Selbstverständlich«, sagt Gramlich demutsvoll.

»Im Hof wartet Kaan«, fährt der Chef geschäftsmäßig fort. »Ihr müsst nach Moabit. Kaan weiß Bescheid …« Er schlägt das Buch auf, legt die Beine auf den Schreibtisch und beginnt zu lesen.

»Bis später«, sagt der Dicke und will möglichst geräuschlos verschwinden.

»Nicht so hastig. Ich habe noch einen Auftrag für dich.« Der Chef lässt das Buch achtlos auf den Boden fallen, öffnet die Schreibtischschublade und holt einen braunen, mit Paketklebeband verschlossenen Umschlag hervor. »Das bringst du der Tussi. Ich schätze dreitausend Euro dürften reichen, damit sie die Klappe hält. Kannst ihr ja auf eine charmante Art klarmachen, was passiert, wenn sie das Maul zu weit aufreißt. Ach so, die Tussi hat ein kleines Kind … Na ja, du findest schon die passenden Worte.«

»Und wo wohnt die Dame?«

»Seestraße, ganz nah bei dem türkischen Hähnchenbrater.« Der Chef kritzelt Hausnummer und Name auf einen Zettel. »Und komm' nicht auf die Idee, dir etwas von der Kohle abzuzweigen.« Er lacht und klopft sich auf die Schenkel.

»Soll ich mir eine Quittung geben lassen?«, fragt der Dicke.

»Idiot«, zischt der Chef.

14

Ein Faustkämpfer? Bei den Schuhen, die der Tote getragen hat, handelt es sich um Boxerstiefel, ein Spitzenprodukt, knapp zweihundert Euro teuer. Dazu die Boxbandagen. Ein Boxer also. Das erklärt die Verletzungen. Aber nirgendwo fehlt ein Boxer, kein Mensch wird vermisst, auf den auch nur annähernd die Beschreibung des Toten passt, weder aktuell noch in der Vergangenheit.

Anette Schwarz zieht die Stirn kraus und schlägt die tibetanischen Märchen auf, ein Versuch, der nach zwei Seiten misslingt. Der Schriftsteller hat Recht: auch sie nimmt die Arbeit mit in den Feierabend, auch sie wird von ihren »Figuren« verfolgt. Für Sekunden denkt sie mit einem zärtlichen Gefühl an diesen Strömberg und erschrickt zugleich über ihren Gefühlsausbruch.

Das Telefon läutet. Sie hofft, dass es nichts Dienstliches ist. Ihre Mutter, die sich bemüht ironisch über die »treulose« Tochter beklagt. Sie lebt mit Hund, zwei Katzen und einem wesentlich jüngeren Mann in einer Eigentumswohnung in Charlottenburg und gehört nicht zu den Vereinsamten in dieser Stadt.

»Ich hatte in letzter Zeit viel um die Ohren«, entschuldigt sich die Tochter.

»Wenn man dich hört, hast du immer schrecklich viel um die Ohren«, sagt die Mutter. »Kein Wunder, jeden Tag Mord und Totschlag. Und mein armes Kind soll all die Mörder und Totschläger fangen. Du hättest Jura studieren sollen, wie dein Vater es vorgesehen hatte.«

»Nicht wieder diese Leier«, sagt die Hauptkommissarin. »Ich mag meinen Beruf.«

»Wann besuchst du mich mal wieder?«

»Wie gesagt, im Moment …«, sagt Anette Schwarz. »Ich melde mich.«

»Das versprichst du jedes Mal«, sagt die Mutter.

»Mutter«, sagt die Tochter.

»Nette«, sagt die Mutter.

»Mein Akku ist gleich leer«, sagt die Tochter und drückt auf irgendeinen Knopf.

»Nette«, hört sie noch einmal.

Nach dem Gespräch ist Anette Schwarz aufgewühlt. Sie kann nicht dagegen an, eine Mutter-Allergie, für die es keine plausible Erklärung gibt. Wenn ihre Mutter sie umarmen möchte, lässt die Hauptkommissarin es stocksteif über sich ergehen. Sie selbst ist zu keiner zärtlichen Geste fähig. Eine Freundin hat ihr zu einer Therapie geraten. Dafür hat sie erstens keine Zeit und weiß zweitens nicht, was es ihr bringen soll.

Sie greift wieder nach dem tibetanischen Märchenbuch, muckelt sich auf der bolognaroten Couch in eine Wolldecke, kann sich nicht auf die Worte konzentrieren, wird wenig später von ihrem Gewissen heimgesucht, erwägt kurz, sich bei ihrer Mutter zu entschuldigen, vertagt den Anruf auf den nächsten Abend und schiebt Klaus Hoffmann in den CD-Player: *Da ist keiner, der dich auffängt, wenn du fällst, und der dir jetzt Mut macht, bist du selbst…*

15

Du würdest alles tun für undankbare Freunde, du bist so einsam, dass du deinen Nabel kaust ...

Hermann van Veen, den er mit Anna auf der Bühne erlebt hat. Annagedanken verheißen nichts Gutes. Er stellt das Lied auf Endloswiederholung und schaut dann in die expressionistische Leere seines Kühlschranks, der sinnlos Strom vergeudet für: zwei Eier und einen Kirschjoghurt, dessen Verfallsdatum weit überschritten ist. Mit den Eiern verfeinert er eine Nudelsuppe, die zu einem Brei verkocht, der immerhin den Bauch füllt. Nach dem frühen Nachtmahl an diesem Donnerstag im August schaltet er die Musik aus und starrt minutenlang auf den Anrufbeantworter, der blinkend drei Nachrichten während seiner Abwesenheit anzeigt.

Die Neugierde schlägt die Angst in die Flucht: eine Computerstimme will Strömberg zu einem Gewinnspiel animieren. Maike Scholz, seine Steuerberaterin, erzählt mit deutlichem Triumph in der Stimme, dass sie dem Finanzamt erfolgreich die Stirn geboten und eine Verschnaufpause erreicht hat.

Rätselhaft dagegen der dritte Anruf, eine männliche Stimme, die Strömberg vertraut ist, nur will ihm nicht das passende Gesicht dazu einfallen. Der Mann verschweigt seinen Namen und hinterlässt eine Handynummer. Strömberg kritzelt die Ziffern auf einen BVG-Fahrschein, der zufällig neben dem Anrufbeantworter liegt.

Ein paar Lungenzüge weiter in Richtung Feuerbestattung

wählt er sich ins Internet ein. Noch hat niemand auf sein Angebot geantwortet. Eine verrückte Idee, jemand könne Interesse haben, gegen Geld die Hauptfigur in einem Roman zu werden. Er klickt sich zu seiner Schreibidee, die im Moment nur mit der Überschrift protzen kann. Später … vielleicht.

Er wählt die Handynummer, hört ein unfreundliches »Was gibt es?« und schweigt.

»Hallo!«

»Sie haben auf meinen Anrufbeantworter gesprochen … Strömberg …«

»Ich hatte heute Nachmittag schon einmal das Vergnügen«, sagt der Mann. »Sie haben einen guten Eindruck bei mir hinterlassen. Ich heiße übrigens Elmar Michalek. Meine Freunde dürfen mich Elmi nennen. Vielleicht werden wir auch einmal Freunde.«

»Freunde nennen wir die, von denen wir noch nicht enttäuscht worden sind«, sagt Strömberg. »Was wollen Sie von mir?«

»Ein Buch.«

»Ich bin weder eine öffentliche Leihbücherei noch Buchhändler«, sagt Strömberg und fingert die vorletzte Zigarette aus der Packung.

»Ich mag Menschen mit Humor«, sagt Michalek. »Davon besitze ich auch eine Menge. Sie sind mein Mann, der Mann, der meine Lebensgeschichte aufschreiben wird.«

»Sie meinen, als Ghostwriter?«

»Wenn man das so nennt, meinetwegen.«

»Aber warum gerade ich? Woher kennen Sie mich überhaupt?« Strömberg zündet sich die Zigarette an, inhaliert den Rauch und bläst ihn gegen die Zimmerdecke, wobei er die Unterlippe weit nach vorne schiebt.

»Ich habe ihren letzten Roman gelesen …«

»Als mein Leben in die Brüche ging?«, fällt Strömberg ihm ins Wort.

»Genau. Hat mir ausgezeichnet gefallen. Sie sind mein Mann. Ich melde mich bald wieder.«

Eintausendachthundertdreiundzwanzig Menschen haben den besagten Roman gekauft, bevor er achtzehn Monate nach seinem Erscheinen verramscht worden ist: die Geschichte eines Versagers auf der Suche nach seinem verschollenen Sohn, der ins Drogenmilieu abgerutscht ist. Das Buch hat zwei, drei wohlmeinende Kritiken und einen harschen Verriss bekommen. Mehr ist nicht gewesen.

Strömberg liegt die Nudelpampe schwer im Magen. Er trinkt einen billigen Grappa, raucht die letzte Zigarette und hält diesen Michalek für einen Spinner, ein Wichtigtuer der harmlosen Art, der sich nie wieder melden wird. Von der Sorte gibt es reichlich in Berlin, mehr womöglich als in anderen deutschen Städten, weil in dieser Stadt jeder seine Macken ausleben kann. Täglich laufen oder fallen einem die Spinner vor die Füße. Strömberg hört schon lange nicht mehr hin, wenn sie ihr Leben vor ihm ausbreiten wollen, unverblümt oder umständlich und allegorisch.

Im Gemüsefach des Kühlschranks schlummert eine Flasche Grauburgunder, als eiserne Reserve gedacht.

Strömberg erklärt sich und den Abend für einen Notfall. Wirklich in Not würde er ohne Zigaretten geraten, hundert Meter zu Herrn Singhs kleinem Laden. Der Inder hat täglich von fünf bis zweiundzwanzig Uhr geöffnet, immer übermüdet und auf die Verkaufshilfen schimpfend, die mit viel Elan anfangen und nach wenigen Tagen aufgeben oder von Herrn Singh gefeuert werden.

»Ein Bierchen?«, fragt Herr Singh.

»Nur Zigaretten«, sagt Strömberg.

Herr Singh legt die richtige Marke auf den Tresen. »Schreibst du ein neues Buch?«

»Ja und nein«, sagt Strömberg. »Kann ich bei dir anschreiben?«

»Tiefster Wedding«, sagt Herr Singh und nimmt einen Packen Zettel, die mit einer großen Büroklammer zusammengeheftet sind, aus der Ladenkasse und wedelt damit vor Strömbergs Nase herum. »Über fünfhundert Euro«, sagt er. »Der halbe Wedding lässt bei mir anschreiben.«

»Dann ist es ja gut«, sagt Strömberg. »Mir kannst du vertrauen.«

»Du bist Schriftsteller«, sagt Herr Singh, und es bleibt unklar, ob das in seinen Augen ein vertrauenswürdiger Berufsstand ist. Bei Strömbergs Bank jedenfalls nicht: Dort gewährt man ihm keinen Cent Kredit. Manchmal träumt er vom plötzlichen Reichtum, von traumhaften Zahlen auf seinem Konto, von einem Anruf der Bank, die ihm gewinnträchtige Geldanlagen offeriert, die er mit gebotener Arroganz ablehnt.

»Bei den Hartz-IV-Empfängern weiß ich, dass wieder Geld in die Kasse kommt«, sagt Herr Singh. »Aber bei dir ...«

»Das Argument kenne ich von meiner Bank«, sagt Strömberg und steckt vorsorglich die Zigarettenpackung in die Hosentasche. Herr Singh gibt sich geschlagen, notiert das heutige Datum und Strömbergs Schuld.

»Wenn alle wüssten, dass alle an allem Schuld sind, das wäre das Paradies«, sagt Strömberg.

»Tiefster Wedding ... Du kannst deine Schulden auch abarbeiten«, sagt Herr Singh. »Ich kann immer mal eine freundliche Aushilfe gebrauchen.«

»Ich werde es mir überlegen«, sagt Strömberg.

Zuhause legt er den Grauburgunder in den Kühlschrank zurück. Der Abend schmeckt auf einmal nach saurer Milch – und nichts, was ihn aufheitern könnte, nur das unausweichliche Grauen: in zwei Wochen die Miete, Nebenkosten, Strom, Heizung, Telefon, Internet, woher nehmen oder stehlen?

Im Warten auf ein Wunder erschöpft und zermürbt. Ein letzter Blick ins Internet: Und tatsächlich, ein anonymer Mensch hat sich gemeldet. Strömberg zweifelt an der Ernsthaftigkeit des Interessenten und ist kurz davor, die elektronische Post zu löschen, besinnt sich einen Augenblick später: *Vielen Dank für Ihre Antwort. Wenn Sie auch in Berlin leben, sollten wir uns bald einmal kennen lernen. Gruß Strömberg*

Zwei Zigarettenlängen später läutet das Telefon. Strömberg schnarrt ein abweisendes »Hallo« in die Sprechmuschel.

»Spreche ich mit dem Schriftsteller Strömberg?« Die tiefe Frauenstimme klingt unaufgeregt.

»Wer will das wissen?«

»Sind Sie der Schriftsteller Strömberg? Hören Sie, ich habe meine Zeit nicht gestohlen.«

»Was soll die Frage, wenn Sie es eh wissen? Außerdem sind Sie es, die mir gerade die Zeit stehlen.«

»Ich werde in Ihrem Roman auftreten.«

»Darf ich Sie Zarah Leander nennen? Ihre Stimme erinnert mich an Zarah Leander. Woher haben Sie meine Telefonnummer, Zarah Leander?«

»Ein Kinderspiel«, antwortet sie mit einem großartig gerollten R. »Telefonbuch, verschiedene Autorenverzeichnisse im Internet.«

»Zarah Leander ist ein hübscher Name, mit dem ich gerne in ihrem Roman auftreten würde. Da gibt es womöglich juristische Bedenken, Verletzung des Persönlichkeitsrechts oder so. In solchen Dingen kenne ich mich nicht aus. Reden wir über die Bezahlung. Ich kann nur fünfhundert Euro ausgeben. Ich finde, fünfhundert Euro sind eine Menge Geld, jedenfalls für mich. Ich maile Ihnen meine Anweisungen. Sie mailen mir zwei Tage später, was Sie geschrieben haben. Ich schicke Ihnen meinen Kommentar und neue Instruktionen. Allerdings kann ich nur die Hälfte anzahlen. Nach dem ersten Mord erhalten Sie die zweite Rate. Ich finde, ein fairer Deal.«

»Hören Sie, Zarah Leander oder wie auch immer Sie heißen mögen. Ich bin nicht Ihr Schreibfinger. Ich bin keine Tintennutte. Ich bin ein seriöser älterer Herr, dessen ökonomische Situation momentan etwas desolat ist. Aber das ist noch lange kein Grund, mich schamlos auszubeuten. Ich ...«

Aufgelegt. Strömberg atmet schwer und fühlt sich überfordert, obwohl er noch keine Zeile geschrieben hat. Das Ganze klingt nach einem üblen Scherz oder einer geplanten Demütigung.

Anna? Die ungekrönte Königin im Erniedrigen: *Es gibt Menschen, die nur sich selber lieben, aber daran große Freude finden. Das ist sehr zeitaufwendig, weil an der Selbstliebe am meisten gearbeitet werden muss. Sie ist ein nie vollgetränkter Schwamm. Sehr anstrengend, so jemanden zu lieben. Man wird nicht belohnt ...*

16

Schöner fremder Mann, du bist schuld daran, dass ich heut nicht schlafen kann …

Der Dicke dreht die Musik auf Zimmerlautstärke, rülpst zweimal, faltet den Pappkarton sorgfältig zusammen und drückt ihn in den überquellenden Mülleimer. Er hätte noch eine zweite Pizza vertragen. Zum Nachtisch verwöhnt er seinen Gaumen mit Milchreis, den er mit reichlich Zucker und Zimt verfeinert. Allmählich bessert sich seine Laune, die vor einer Stunde einen Tiefpunkt erreicht hat. Wen wundert es, wenn man mit einem Idioten wie Kaan zusammenarbeiten muss. Da vergeht sogar ihm die Freude am Beruf. Oder ist er zu alt geworden für den Job? Mädchen für alles: Kassierer, Fahrer, Bodyguard und in jüngster Zeit der Fußabtreter für den Chef.

Die Panne mit der Leiche liegt Werner Gramlich noch immer schwer im Magen. Ohne Kaan wäre ihm der Fehler nicht unterlaufen, darauf hätte er gewettet. Zum Glück hat er ein wenig Wiedergutmachung betreiben können. Er hat den Chef auf die Spur von Strömberg gebracht. Schriftsteller. Trotzdem ganz nett und vor allen Dingen arglos und harmlos. Das ist jedenfalls Gramlichs erste Einschätzung.

Gramlich gähnt geräuschvoll. Gegen seine fortwährende Müdigkeit ist kein Kraut gewachsen. Er traut sich schon gar nicht mehr, auf seinem Sofa zu rauchen, weil er fürchtet, er könnte mit der brennenden Kippe einschlafen.

Seine Großmutter hat ihm als Kind von der Schlafkrankheit erzählt. Gibt es die wirklich? Er klappt das

Notebook auf, surft im Internet und findet die Beschreibung verschiedener Arten von Schlafkrankheit. Eine Tropenerkrankung schließt er aus. Wo hätte er in Berlin von einer Tsetsefliege gestochen werden sollen? Der Auslöser der europäischen Schlafkrankheit ist eine Gehirnentzündung. Beruhigend und auch einleuchtend findet er sein Schlafbedürfnis durch einen gestörten Schlafrhythmus erklärt. Seine Arbeitszeit ist den Wünschen des Chefs angepasst, das heißt, er hat zu allen Tageszeiten zur Verfügung zu stehen.

Gramlich schaltet den Laptop aus und streckt sich auf die Couch. Er schläft fest, als das Handy fiept.

»Hi, dicker Mann ...«

Gramlich wirft Kaan ein paar Flüche und Verwünschungen an den Kopf, die den Türken oder Araber erheitern.

»Wer hat dir denn ins Hirn geschissen?« Gramlich greift nach der Zigarettenschachtel auf dem kleinen Glastisch im Wohnzimmer.

»Beruhig' dich, dicker Mann. Und hör' mir mal gut zu«, sagt Kaan. »Es geht ums Geschäft. Und das ist kein Spaß ...«

17

An diesem letzten Sonnabend im August hat der Sommer sich noch einmal mächtig herausgeputzt und prahlt mit südlicher Hitze und einem maritimen Himmel.

Die Solidargemeinschaft der ehrlichen Biertrinker bevölkert die Biertischgarnituren und die Stehtische vor den Eckkneipen und den Kiosken mit Alkoholausschank. Drumherum Hunde aller Rassen und spielende Kinder, die ab und zu zur Ordnung gerufen oder für ihr Wohlverhalten mit einem Wassereis belohnt werden; das Sommerglück für zehn Cent.

Strömberg schämt sich, als er in Hatuns Laden steht, die Brötchentüte und die Zeitung vor der Brust haltend wie ein Schutzschild, blank bis auf ein paar Cent und ohne Aussicht auf einen Geldsegen. Er hätte seiner Armut gerne etwas Heroisches abgewonnen, aber das gelingt nur, wenn man sie aus sicherer Entfernung betrachtet.

Hatun weiß sofort Bescheid und packt ein Fladenbrot in eine Plastiktüte. In jungen Jahren hat Strömberg Knut Hamsuns Roman *Hunger* gelesen, mehrmals sogar, die Geschichte eines hungernden Schriftstellers. Gelernt hat er nichts daraus, sonst wäre er niemals diesen steinigen Weg gegangen: ein Schreiberling, der es lange geschafft hat, als hoffnungsvolles Talent zu gelten, immerhin.

»Wir sind auf Erden, um zu wachsen«, sagt Strömberg.

»Bosver, hayat böyle«, sagt Hatun und zieht die Augenbrauen hoch. »Was soll es, so ist das Leben …«

Strömberg schlendert über den samstäglichen Flohmarkt auf dem Leopoldplatz und überlegt, was er verkaufen könnte. Bücher, darunter eine Erstausgabe von Egon Erwin Kisch, ein Autogramm von Willy Brandt.

Am Eingang zur U-Bahn bettelt ein junger Mann. Er streckt den Passanten einen Pappbecher entgegen, den Blick starr auf seine abgewetzten Turnschuhe gerichtet, hängende Schultern, zerrissene Jeans, bewacht von einem Schäferhund.

»Lohnt sich die Mühe?«, fragt Strömberg.

Der Bettler schreckt hoch und spuckt aus. Strömberg weicht einen halben Schritt zurück.

»Verzeihung«, sagt er. »Ich frage nur, weil ich auch in Erwägung ziehe, den Beruf zu wechseln. Sicher ist es eine hohe Kunst, die totale Nacktheit mit einem Rest Würde zur Schau zu stellen. Wäre es nicht hilfreich, bei einem erfahrenen Bittsteller in die Lehre zu gehen? Müssten die Arbeitsagenturen nicht Seminare für angehende Almosensammler im Angebot haben? Das wäre, meiner bescheidenen Meinung nach, wirklich eine sinnvolle Investition und effektiver als die Umschulungen von einer Arbeitslosigkeit in die nächste.«

Der Bettler ruft seinen Hund, der ihm aufs Wort folgt, beide wechseln den Standort. Strömberg trottet die Müllerstraße entlang, tief im Morast seiner Gedanken versunken, stößt alle paar Schritte mit einem Kinderwagen oder einem anderen Fußgänger zusammen, eine wandelnde Entschuldigung, rudert mit den Armen, als schwimme er gegen den Strom, und treibt doch nur wie ein toter Fisch im Uferlosen.

Sein Handy vibriert in der Hosentasche. Strömberg stellt sich in eine Toreinfahrt. Michalek wünscht ihn zu sprechen, gegen neunzehn Uhr, im Café Schadé.

»Stets zu Diensten«, sagt Strömberg.

18

»Ja, bitte …«

Anette Schwarz deckt mit einer Hand den Frühstückstisch auf dem Balkon, mit der anderen telefoniert sie. In der Küche brabbelt die Kaffeemaschine. In einem kleinen Kochtopf sprudelt das Wasser. Die Kommissarin hebt den Deckel hoch und legt ihn auf der Spüle ab.

»Hallo, so melden Sie sich doch …«

Mit einem Suppenlöffel gibt sie das Ei in den Topf und schaut kurz auf die Armbanduhr, damit sie die sechs Minuten Kochzeit einhält.

»Hallo …«

»Der Tote, den Sie auf dem Dorotheenstädtischen Friedhof gefunden haben, hat einen Namen.«

Die Stimme klingt verzerrt und ist weder einem Mann noch einer Frau zuzuordnen. Ein Wichtigtuer oder ein ernstzunehmender Informant?

»Wer sind Sie?«

»Marcus Liebenwald, hören Sie, Marcus Liebenwald.«

»Herr Liebenwald, bitte …«

Anette Schwarz kapiert endlich, dass das Gespräch beendet ist. Sie notiert sich den Namen, nimmt das Ei aus dem Wasser und schreckt es ab.

19

Verhaltene Zuversicht, als Strömberg seine Wohnung betritt. Minimale Vorfreude auf den Abend, der ihm vielleicht eine warme Mahlzeit beschert. Bis dahin nährt er sich von Hatuns Fladenbrot, trinkt schwarzen Tee und liest Jean Pauls *Leben des Quintus Fixlein*. Gerade hat er sich eingelesen und behaglich eingerichtet im ersten *Zettelkasten* des Romans, da scheppert die Klappe am Briefschlitz. Der gelbe Postbote hat schon vor einer Stunde Reklame und Rückbuchungen der Bank gebracht. Vielleicht eine Nachricht von der grünen Konkurrenz?

Strömberg fasst den roten Briefumschlag mit spitzen Fingern an: zugeklebt mit einem durchsichtigen Klebestreifen, auf dem deutlich Fingerabdrücke zu erkennen sind, kein Absender, keine Adresse, unfrankiert, rätselhaft.

Strömberg setzt sich mit dem Umschlag in die Küche, hält ihn gegen das Sonnenlicht, gewinnt keinen Durchblick und reißt ihn schließlich behutsam auf: Geldscheine, zwei Hunderter, ein Fünfziger, ein rotes Blatt, zweimal gefaltet, beschrieben mit schwarzer Tinte: *Hallo Herr Strömberg, Vertrauen gegen Vertrauen. Näheres maile ich Ihnen demnächst. Bis bald, Zarah L.*

20

Marcus Liebenwald, vierundzwanzig Jahre alt, ledig, keine Vorstrafen, zuletzt wohnhaft in der Seestraße in der Nähe der U-Bahn-Station.

Anette Schwarz steht vor einer Haustür aus dunkelbraunem Eichenholz, die mit Graffiti beschmiert ist. Oberhalb der Klingelknöpfe hat jemand mit einem blauen Filzschreiber gekrakelt: *Adolf mein Bruder!*

Die Tür ist nur angelehnt. Im Treppenhaus riecht es nach Bohnerwachs, Sauerkraut, Knoblauch und verschiedenen menschlichen Ausdünstungen. Auf jeder Etage versperren Kinderwagen im Notfall den Fluchtweg. Hinter einer Tür schlägt ein Hund an. Deutsche Blasmusik konkurriert mit orientalischem Rock und hammerharten Techno-Klängen. Irgendwo plärrt ein Kind.

Anette Schwarz schnauft wie eine Kettenraucherin, als sie den vierten Stock erreicht hat, höchste Zeit, dass sie endlich wieder ihre Ausdauer verbessert. Joggen im Schillerpark, wenn sie nur nicht zu bequem wäre, wenn sie nur etwas mehr Zeit hätte, wenn nur nicht so viele Wenn im Weg stünden.

Sie lässt viel Zeit verstreichen, ehe sie auf den Klingelknopf drückt: *Ginsberg/Liebenwald* ... Auf der ausgefransten Fußmatte steht: *Willkommen!*

Drinnen rührt sich nichts. Es sieht nach Vergeblichkeit aus. Die Hauptkommissarin drückt das Ohr gegen das grauweiße Holz: knackende Dielen, leiser, schwermütiger Gesang in einer fremden Sprache, russisch oder polnisch.

Anette Schwarz klopft zaghaft an, lauscht und stürzt beinahe in die Wohnung, als plötzlich die Tür aufgerissen wird.

»Entschuldigung …« Die Polizistin spürt, wie sie errötet. Sie sucht nach ihrem Dienstausweis, findet ihn in ihrer Jackentasche und hält ihn einer pummeligen jungen Frau unter die Nase: schulterlange Haare, blond mit lila Strähnen, grauer Faltenrock, schwarzes T-Shirt, ein üppiger Busen.

»Habe ich falsch geparkt?«, fragte die Frau. Der osteuropäische Akzent ist nicht zu überhören. Sie lacht, ein falsches Lachen. »Ätsch, reingefallen, ich besitze gar kein Auto. Ich habe nicht einmal einen Führerschein.«

»Dadurch ersparen Sie sich viel Ärger«, sagt Anette Schwarz und schielt nach links und nach rechts: schwarze Bücherregale, die bis zur Decke reichen, vollgestopft mit Druckwerken. Anette Schwarz ist beeindruckt.

»Sind Sie Frau Ginsberg?«

»Ja, Natascha Ginsberg. Ukrainisch, jüdisch und zur Zeit ohne sichere Arbeit und ohne feste Heimat.«

»Verstehe«, sagt die Polizistin.

»Ich mag Menschen, die verstehen«, sagt Frau Ginsberg. »Ich verstehe jeden Tag weniger. Vielleicht ist das ja mein Vergehen. Ich gebe zu, ich laufe ab und zu bei Rot über die Fußgängerampel.« Sie pustet eine Haarsträhne aus der Stirn. »Anderer Verstöße gegen das Gesetz bin ich mir nicht bewusst. Ich bin aufenthaltsberechtigt. Wollen Sie die Papiere sehen? Allerdings kenne ich nicht sämtliche

Gesetze, die in ihrem deutschen Land gelten. Es kann also sein, dass ich gegen ein mir unbekanntes Gesetz verstoßen habe. Ist es so?«

»Müssen wir das hier im Flur klären?«, fragt Anette Schwarz, halb genervt, halb belustigt.

»Nein, das müssen wir nicht«, sagt Frau Ginsberg und führt die Hauptkommissarin ins Wohnzimmer: ein düsterer Raum, ausgestattet mit Korbmöbeln, einem zierlichen Sekretär, auf dem ein Notebook steht, und doppelt bestückte Bücherregale. Auf den abgezogenen Dielen verstreut Spielzeug und Kuscheltiere, ein eigentümlicher Kontrast zu den übermächtigen Bücherwänden, die wirken wie mahnende Wächter aus einer vergangenen Vergangenheit.

»Haben Sie Kinder?«

»Sie sind eine ausgezeichnete Polizistin«, sagt Natascha Ginsberg, und der ironische Unterton ist nicht zu überhören. »Eine Tochter, fünfzehn Monate alt. Esther schläft.«

Anette Schwarz setzt sich in einen der Korbsessel und schlägt die Beine übereinander. Natascha Ginsberg bleibt lieber stehen und guckt sich in ihrem Wohnzimmer um, als sähe sie es gerade zum ersten Mal.

»Frau Ginsberg ...«

»Ja ...«

»Marcus Liebenwald ...«

»Was ist mit Marcus?«

»Ich muss Ihnen leider mitteilen ...«

»Ja ...«

»Marcus Liebenwald ist tot.«

Natascha Ginsburg lacht schrill und klatscht in die Hände. Auf einmal packt sie die Hauptkommissarin an den Händen. »Tanzen, tanzen, tanzen … Alle Kinder sind klug, solange sie klein sind, aber bei der Mehrzahl bleibt es beim Kinderverstand.«

»Frau Ginsberg.« Anette Schwarz entzieht sich der Berührung. Wie sie es hasst, die Hiobsbotin zu sein. Nie wird sie die richtigen Worte finden, kein Dichter der Welt hat sie jemals gefunden. Freitags liest sie den *Tagesspiegel:* die Nachrufeseite, Geschichten über verstorbene Berliner.

»Vorbei – ein dummes Wort«, zitiert sie Goethe. »Zum Beispiel …« Sie hält inne und wundert sich über den Unsinn, den ihr Mund auf einmal redet. »Entschuldigung …«

»Zum Beispiel ist noch kein Beweis«, sagt Natascha Ginsberg. »Eine alte jiddische Weisheit.« Wieder lacht sie, wieder tanzt sie und umgeht dabei geschickt die Spielsachen auf dem Boden. »Lacht man, so sehen es alle, weint man aber, so sieht es keiner.«

21

Strömberg zieht den schwarzen Leinenanzug an, Annas Geschenk zu seinem fünfzigsten Geburtstag, ein Abschiedsgeschenk, aber das ist ihm erst später aufgegangen. Er poliert die Schuhe mit einer weichen Bürste, steckt den Fünfzig-Euro-Schein in die Hosentasche und das Gefühl, ein wohlhabender Mann zu sein.

Sein Gang verändert sich, aufrecht geht er, zeigt gerade Schultern, beinahe militärisch-preußisch, dazu ein Dauergrinsen und verhaltene Vorfreude auf den Chef, immerhin ein belesener Mensch, also ein angenehmer Gesprächspartner.

In einer Zeit, in der die Wissenslücken mit Selbstbewusstsein und Dümmlichkeiten wie *Muss man das wissen?* kaschiert werden, gehört einer wie Michalek zu den Exoten, die unter Artenschutz gestellt werden müssten.

Mit dreizehn, vierzehn Jahren hat Strömberg den Ehrgeiz gehabt, *Knaurs Jugendlexikon* auswendig zu lernen, drei bis vier Begriffe täglich. Am Ende wäre er der klügste Mensch der Erde gewesen. Heute spielt er manchmal den Unwissenden, sei es, weil er sein Gegenüber nicht verletzen, sei es, weil er einfach seine Ruhe haben will.

Strömberg ist pünktlich und doch nur zweiter Sieger. Die Boxernase steht auf und schüttelt ihm die Hand mit einer Herzlichkeit, die Strömberg befremdet.

Zwei Herren ganz in Schwarz, die Weißwein und Mineralwasser trinken, gebackenen Schafskäse verzehren und dabei gepflegt über zeitgenössische Kunst im freien Raum und den freien Mann im Fußball unter Einbeziehung von Vierer- oder Dreierkette schwatzen.

Strömberg spricht sich für eine charmante Integration des Libero in jedwede Kette aus.

Für Michalek ist der Libero im modernen Fußball per se ein Widerspruch, ein Relikt der Achtundsechziger-Revolte, totes Kapital sozusagen. Strömberg will zu einer Verteidigungsrede der Achtundsechziger ansetzen, aber Michalek fällt ihm ins Wort.

»Die schwierige Aufgabe, eine fremde Seele zu erkennen, ist nichts für Leute, deren Bewusstsein hauptsächlich aus den eigenen Wünschen besteht«, sagt er.

»George Elliot alias Mary Ann Evans«, sagt Strömberg und glänzt mit seinem verbalen Übersteiger. »Ich würde mich übrigens eher als Neunundsechziger bezeichnen.«

Michalek klatscht rhythmisch in die Hände und duzt Strömberg: »Alle Achtung. Hast du ihr Buch gelesen?«

Strömberg bejaht: *Middlemarch – Eine Studie des Provinzlebens*, erstmals erschienen 1871. »Ein Roman der Weltliteratur«, sagt Strömberg.

Michalek brüstet sich damit, das Werk in der Originalsprache gelesen zu haben. Dann wiederholt er das Zitat und fügt hinzu: »Du bist mein Mann!«

Er legt dreißig Euro auf den Tisch und drängt unvermittelt zum Aufbruch. Strömberg leert hastig sein Glas, wäre gerne noch geblieben, aber von Michalek geht eine Anziehungskraft aus, der er sich nicht entziehen kann.

»Ich habe Hunger«, sagt die Boxernase. »Heißhunger auf Hähnchen. Hähnchen sind meine große Schwäche. Hähnchen und Hühner. Du verstehst?«

Strömberg tanzt auf dem Bürgersteig, tanzt aus der Reihe, tanzt auf der Straße, tanzt um Michalek herum, tanzt sich aus seinem kümmerlichen Leben; ein gutes Gespräch einmal in einem halben Jahr, das ist der Sauerstoff, den er braucht zum Überleben.

»Genug«, sagt Elmar Michalek streng und geht zu einem dunkelblauen Mercedes.

»Wohin fahren wir?«, fragt Strömberg.

»Vertraust du mir?«

»Wenn du mich entführst, wird niemand ein Lösegeld zahlen«, sagt Strömberg und legt den Sicherheitsgurt an. »Oder bist du ein wahnsinniger Serienmörder? Nun denn, mein Leben ist gelebt. Aber bitte kurz und schmerzlos.«

»Wahnsinnig bin ich garantiert«, sagt die Boxernase.

»Gut, dann fällt es mir leicht, dir zu vertrauen.« Strömberg raucht eine von Michaleks Zigaretten und richtet den Blick auf die Straße. Am Sparrplatz endet die Fahrt. Auf den Sitzbänken rund um den Platz feiert der Sommer mit Bier und Ghettoblaster: halbnackte Männer und Frauen, letztere leichtmetallisch geschmückt und mit Arschgeweih verziert, während die Männer für ihre Körperbemalung die Oberarme und die Waden bevorzugen.

»Wo kann man hier Hähnchen essen?«, fragt Strömberg.

»Hier bin ich vor fünfundvierzig Jahren auf die Welt gekommen«, sagt Michalek mit einer sentimentalen Färbung in der Stimme. »Ob du es glaubst oder nicht, ich lebe noch immer in meinem Kiez. Dabei könnte ich mir eine Villa in Dahlem leisten, ehrlich. Aber ich lebe gerne im Sprengel-Kiez. Weißt du auch warum? Weil es hier ehrlich zugeht, obwohl hier jeder jeden beklaut. Und trotzdem sind die Menschen grundehrlich. Keiner lügt dir ins Gesicht, niemand lügt sich was in die Tasche. Verstehst du?«

»Verstehe«, sagt Strömberg, auch wenn er zu viel Sozialkitsch heraushört. Ob Michalek noch bei seiner Mutter lebt? Zuzutrauen wäre es ihm, nach außen der harte Typ, innen der sprichwörtliche weiche Kern. Noch ein Klischee. »Toter Wedding, grüßt euch, Genossen, haltet die Fäuste bereit …«, singt er auf einmal das alte Kampflied von Ernst Busch.

»Musik Hanns Eisler, Text Erich Weinert«, sagt Michalek. »Es heißt Roter Wedding. Mein Großvater hat es mir manchmal vorgesungen …«

Er startet den Motor, fährt zur Osloer Straße, wirkt dabei abwesend und abweisend. Strömberg raucht ungeniert Michaleks Zigaretten. Schweigend und rauchend nähern sie sich der Nordbahnstraße. Michalek parkt vor einem Backsteingebäude, eine der stillgelegten Fabriken aus einer Zeit, als der Wedding noch proletarisch und weniger prollig war. Orte deutschen Fleißes und deutscher Wertarbeit. Manche davon beherbergen Kultur und Schickimicki, Leute, die sich die Mitte nicht leisten können, ein junges Künstler-Prekariat, zu dem auch Strömberg sich zählt, gezählt hätte, hätte er nicht die Fünfzig überschritten, zu alt, um noch als junges, hoffnungsvolles Talent zu gelten.

Die verbliebenen Weddinger Malocherhände greifen ins Leere oder zum Alkohol.

Über dem halbrunden Torbogen, der in einen weiträumigen Innenhof führt, leuchten blaue Neonbuchstaben: POWER GYM – ELMI BOXPROMOTION:

»Mein Reich«, sagt Michalek.

»Und du bist der Führer?«

Michalek scheint für einen Augenblick irritiert zu sein, dann musterte er Strömberg mit der Verachtung des Stärkeren, der den Schwächeren jederzeit zerdrücken könnte wie eine Laus.

»Professionelles Boxen?«, fragt Strömberg.

»Selbstverständlich«, antwortet Michalek.

»Hast du selbst einmal geboxt?«, fragt Strömberg, obwohl die Frage sich erübrigt hätte.

»Ja, aber nicht professionell«, antwortet Michalek und legt den ersten Gang ein.

Strömberg hätte sich gerne das Innenleben des Boxstudios angesehen: Schweiß und Muskeln, Männer, die auf Sandsäcke eindreschen, Gewichte stemmen, Seil hüpfen und sich gegenseitig die Nase blutig schlagen.

Diesmal führt die Fahrt zu einem türkischen Lokal in der Seestraße, eine misslungene Mischung aus Schnellimbiss und seriösem Restaurant.

»Hier gibt es die besten Hähnchen in ganz Berlin«, behauptet Michalek.

Der Kellner begrüßt ihn per Handschlag und nickt Strömberg respektvoll zu.

»Zwei Hähnchen mit Pommes und Salat«, sagt Michalek. »Zwei ganze Hähnchen. Wir mögen keine halben Sachen.«

Sie entscheiden sich für türkisches Bier, das sie aus der Flasche trinken.

»Du bist mein Mann.« Michalek prostet Strömberg zu. »Nun müssen wir uns nur noch über den Preis einigen. Du hast doch einen Preis?«

»Letztendlich ist jeder käuflich«, sagt Strömberg mit trauriger Miene. »Jeder auf seine Weise, jeder zu einem anderen Preis.«

»Nenn' mir deinen Preis«, drängt Michalek.

»Zweitausend«, sagt Strömberg im Jargon des knallharten Geschäftsmannes. Dabei hat er nicht die geringste Ahnung, was ein angemessenes Honorar für den Job des Ghostwriters wäre.

»Vielleicht habe ich mich in dir getäuscht.« Michalek züngelt wie eine Schlange. »Vielleicht bist du doch nicht mein Mann.«

Strömberg schießt das Blut in den Kopf. Hat er gerade seinem Glück den Todesstoß versetzt? Kann ein schneller Rückzieher das Geschäft retten?

»Die Summe ist verhandelbar«, sagt Strömberg und schaut Michalek lauernd an. Zugleich ärgert er sich, weil er viel zu schnell eingeknickt ist.

»Schade«, sagt Michalek. »Nach der Lektüre deines Romans hätte ich nicht geglaubt, dass du dich unter Wert verkaufst. Verkaufen ist okay, freie Marktwirtschaft, das kennen wir ja, fressen oder gefressen werden, kaufen und verkaufen, verstehst du? Aber man muss seinen Wert oder den Wert der Ware, die man verkaufen will, richtig einschätzen. Und dazu muss ich keine Betriebswirtschaftslehre studiert haben. Das weiß jeder kleine Dealer im Wedding.«

Was erlaubt diese Plattnase sich? Wie kommt das Muttersöhnchen dazu, ihn zu belehren, einen Schriftsteller, in fünf Sprachen übersetzt? »Ich bin kein guter Verkäufer«, sagt Strömberg. Er spielt den Zerknirschten und kommt sich vor wie sein eigener Judas.

»Ich mag dich trotzdem«, sagt Michalek und blättert fünfhundert Euro auf den Tisch. »Den Rest und eventuell einen Bonus gibt es, wenn du den Auftrag erledigt hast. Besitzt du ein Diktiergerät?«

Strömberg schüttelt den Kopf und kann die Augen nicht von den Geldscheinen abwenden.

»Ich besorge uns ein erstklassiges Aufnahmegerät«, verspricht Michalek. »Ich werde dir mein Leben erzählen. Du unterbrichst mich nur, wenn du etwas nicht verstehst, inhaltlich, verstehst du, nur dann, ich lasse mich ungern unterbrechen, wenn es nicht nötig ist.«

Strömberg rollt die Scheine zusammen und stopft sie in die Hosentasche.

»Warum soll ich dein Leben aufschreiben?« Strömberg wischt sich die Fettfinger an der Serviette ab.

»Für manche Menschen ist das Leben wie eine Dauerwurst«, sagt Michalek. »Sie beißen Stück für Stück ab. Und was sie gegessen haben, existiert nicht mehr. Ich sehe das vollkommen anders. Mein Leben ist ein altes Haus, in dem man treppauf und treppab gehen kann. Und was soll mir die schönste Etage, wenn ich dabei das Erdgeschoss vergesse? Die knarrende Haustür, die scheppernde Klingel …«

»Stimmt genau«, sagt Strömberg und überlegt, woher er die Worte kennt. Von Anna? Nein, sie gehört auch zu den Dauerwurstmenschen, die ihre Vergangenheit verleugnen. Die ewigen Unschuldslämmer, die sich an nichts erinnern können. Die Gegenwärtigen, die mit ihrer geschwätzigen Gegenwärtigkeit zugleich auch als die Zukünftigen gesehen werden wollen.

»Erich Kästner!«, ruft Strömberg plötzlich und schnippt mit den Fingern wie ein Schuljunge. »Die berühmte Ansprache zum Schulbeginn …«

»Du bist doch mein Mann«, sagt Michalek.

Strömberg winkt der Zeitungsverkäuferin, die gerade das Lokal betreten und nur die *BZ* im Angebot hat. Er gibt neureichlich Trinkgeld, überfliegt die Schlagzeile des Tages, der noch gar nicht begonnen hat, und entdeckt unten links eine Nachricht, die bei ihm eine gewisse Zufriedenheit auslöst: Sein Grabesbruder hat einen Namen, Marcus Liebenwald … ein Automatenfoto, die raspelkurzen Haare, hohe Stirn, schmale Lippen, auffallend große Augen, hohlwangig. Wer hat den Mann wo, wann und mit wem zuletzt gesehen?

»Wedding, er hat auch im Wedding gewohnt«, murmelt Strömberg.

»Wer?«

Strömberg reicht die Zeitung über den Tisch. Michalek kneift die Augen zusammen und stößt ein gelangweiltes »Aha« aus. Strömberg blättert im Sportteil: Hertha hat verloren, sein Lieblingsverein, die Eintracht aus Frankfurt, gewonnen. Wenn das kein Grund zur Freude ist.

»Hast du auch einen Lieblingsverein?«, fragt Strömberg und erhält keine Antwort. Michalek ist gegangen, nicht zur Toilette, wie Strömberg zunächst vermutet: auf dem Tisch liegt eine Eintrittskarte für den nächsten Sonnabend: ein Kampf um den Weltmeistertitel im Halbschwergewicht, veranstaltet von ELMI BOXPROMOTION, nach der Version der *International Boxing Company of Champions*, abgekürzt *IBCC*. Ein gewisser Murat Üragalü, waschechter Berliner, wie auf der Karte hervorgehoben wird, fordert im Hauptkampf des Abends den amtierenden IBCC-Weltmeister Samy Garcia (Mexiko) heraus.

Strömberg lächelt hintergründig. Er verfolgt gelegentlich Faustkämpfe im Fernsehen, würde sich aber nicht als Kenner bezeichnen. So viel weiß er allerdings, dieser obskure Boxverband zählt nicht zu den wirklich wichtigen, eine Weltmeisterschaft ohne den geringsten sportlichen Wert. Trotzdem freut er sich auf den Kampfabend.

Er klemmt die Zeitung unter den Arm, wird kurz vor dem Ausgang vom Kellner gestellt, der lächelnd mit der Rechnung wedelt.

22

»Der Chef ist ein Arschloch«, sagt Kaan.

»Das kannst gerade du beurteilen«, antwortet Werner Gramlich, dem nicht klar ist, was Kaan mit dem Treffen in dieser Türken-Spelunke in der Nazarethkirchstraße bezweckt. Und warum redet er schlecht über den Chef? Ist also doch nichts dran an dem schwulen Gemunkel?

Der türkische Singsang geht ihm auf die Eier, ebenso die türkische Kellnerin, die ihm Bier statt Apfelsaft gebracht hat. Das Gelaber der Männer, der stumme Plasma-Fernseher. Auch Gramlich selbst nervt sich gehörig, weil er es nicht schafft, seinen dicken Hintern zur Tür zu bewegen, zu der es nur zwei, drei Schritte sind.

Dieser Kaan ist das Unglück in Person, ein Mensch, der jeden, der sich auf ihn einlässt, in den Abgrund ziehen kann. Gramlich hat einen Riecher für solche Typen. Er weiß Bescheid über diese Unglücksraben, die er alle einmal im Knast getroffen hat, das perfekte Verbrechen im Kopf und immer sind sie an einem dummen Zufall, einem unglücklichen Umstand gescheitert, unvorhersehbare Eingriffe des Schicksals. Oder sie schieben die Schuld anderen in die Schuhe. Ach, es kotzt ihn an.

»Dicker Mann, willst du ewig für den Chef arbeiten? Für Pflaumen und Eierkuchen?«, sagt Kaan und nimmt einen tiefen Zug aus seinem Bierglas.

»Es muss heißen für einen Apfel und ein Ei, du Pflaume«, verbessert Gramlich und gähnt theatralisch.

»Du bist müde, dicker Mann, du hast kein Feuer im

Arsch. Hattest du jemals Feuer im Arsch?«

»Was willst du von mir?"

»Schon gut, dicker Mann«, sagt Kaan. »Ich habe mich getäuscht, dachte, du hättest Feuer im Arsch, dachte, mit dir könnte man das Geschäft groß aufziehen, in ganz Berlin, nicht nur in Moabit, Schöneberg und im Scheiß-Wedding, ganz Berlin, verstehst du, dicker Mann? Und du und ich als Partner, deine Erfahrung, dein Wissen, meine Power, zusammen mit meinen Jungs, erstklassige Jungs, absolut zuverlässige Jungs. Okay, du hast kein Feuer im Arsch, und Ende der Oper.«

»Wie stellst du dir das vor? Glaubst du im Ernst, der Chef lässt sich von dir aufs Kreuz legen?«, hakt Gramlich nach, nicht weil er aufrichtig an einer Zusammenarbeit mit Kaan interessiert ist, nur zur Unterhaltung.

»Ende der Oper«, knurrt Kaan und zieht eine Trotzflutsche.

»Hast du keine Angst? Bist du nicht im Wedding aufgewachsen? Hast du nicht einmal das Kleine Einmaleins gelernt? Niemand vertrauen, nicht einmal sich selbst. Ich könnte leicht dem Chef stecken, was in deinem kranken Hirn abgeht. Hast du keine Angst?« Gramlich grinst breit und fühlt sich endlich einmal auf der Gewinnerseite des Lebens.

»Angst? Das Wort kenne ich nicht, nie gehört, dicker Mann«, sagt Kaan und strotzt vor Überheblichkeit. »Wenn du dem Chef etwas steckst, bist du ein toter, dicker Mann!« Er lacht, ein unnatürliches Lachen mit einem abrupten Ende:

Kaans Kopf fliegt kurz nach hinten und knallt in der nächsten Sekunde auf den Tisch, gefällt von einem so genannten Steckschuss oberhalb der rechten Augenbraue, ein kleines Einschussloch, wenig Blutaustritt, denn das Projektil wirkt wie ein kleiner Pfropfen in der Einschussstelle.

Gramlich kennt sich aus, ganz umsonst ist die Zeit im Knast nicht gewesen. Der Chef hat ihm damals die Bücher regelrecht aufgedrängt und Tage später den Inhalt abgefragt. Ein bisschen ist hängen geblieben.

»Ende der Oper«, flüstert Gramlich.

23

Strömberg sitzt an diesem Samstagabend im August auf einer Bank in der Nähe der Nazarethkirche, verdaut den Brathahn, sein unverhofftes Glück und beobachtet einen Flaschensammler: ein Mann mittleren Alters. Er zieht einen Einkaufs-Trolley hinter sich her, schottisch kariert, wühlt in den Papierkörben rund um die Kirche, durchforstet das Gebüsch, wird ab und zu fündig und steckt seinen Schatz in den Trolley.

Strömberg empfindet Mitleid mit dem Mann und möchte etwas von seinem plötzlichen Reichtum abtreten. Größer ist der Respekt vor der Anstrengung des Mannes, dessen bisherige Beute umgerechnet etwa vier Euro beträgt, grob geschätzt von Strömberg. Wahrscheinlich ein karger Stundenlohn.

»Toter Wedding, grüßt euch, Genossen ...«, singt Strömberg leise.

In einer deutschen Eckkneipe, die den Gast mit einem kostenlosen Schnaps nach jedem dritten Bier lockt, wird das Lied vom *griechischen Wein* gegrölt, der wie das *Blut der Erde* schmeckt, *in dieser Stadt werde ich immer nur ein Fremder sein* ... Fremd und zugleich vertraut die Klänge aus dem türkischen Lokal ein paar Häuser weiter. Still und ohne Kundschaft der ASIA-Imbiss dazwischen, eröffnet vor drei Wochen und drei Wochen später wird er vermutlich schließen und noch einmal drei Wochen später wird ein Schild an der Tür hängen: *Neueröffnung*. Und wieder drei Wochen später ...

Strömberg überlegt, ob er sich ein paar Frühlingsrollen holen soll. Unterdessen ist der Flaschensammler von der Bildfläche verschwunden. Eine Frau führt ihre beiden Zwergpudel aus. Ein Betrunkener brüllt zum gestirnten Himmel: »Ich bin Jesus!« Zwei Kopftuchschönheiten in hautengen Jeans stoßen sich an und kichern.

Strömberg lächelt. In solchen Momenten liebt er seinen Wedding, die Vielfalt und die vielfältige Widersprüchlichkeit, das Raue und das Widerständige gegen die Vereinnahmung durch fragwürdige Trends aus den Lifestyle-Magazinen. Im Wedding hat der Zeitgeist schon das Zeitliche gesegnet, noch bevor er einen Fuß auf die Müllerstraße setzen kann.

Strömberg zückt sein korallenrotes Notizheft, findet seinen Kugelschreiber nicht, schreckt hoch: vor dem Türken-Lokal eine Menschenansammlung. Woher, warum, weshalb, wieso? Unverständliches Gekreische. Sirenengeheul. Noch mehr Menschen, die Straße läuft auf. Hundegekläff. Fenster werden geöffnet: die reale Schau vor der Kneipe statt fader Fernsehkost. Das Leben. Mit ungewissem Ausgang.

Strömberg hält sich fern. Wenn etwas Bedeutendes geschehen ist, wird er es in der Zeitung lesen. Vielleicht eine Schlägerei, Messerspiele, ein Koma-Säufer, ein gewöhnlicher Herzinfarkt oder falscher Alarm. Er will die gute Stimmung behalten, das Leichte im Schweren wenigstens bis in den Sonntag retten.

Er steuert im Zeitmaß des Flaneurs auf die Schulstraße zu, spürt Druck auf der Blase, stellt sich hinter einen Busch, zieht den Reißverschluss herunter, nimmt eine

Gestalt wahr, die nur wenige Meter von ihm entfernt auf der Treppe zur Kirche kauert. Ein Gläubiger, der den sonntäglichen Gottesdienst nicht erwarten kann?

Strömberg fühlt sich ertappt und nimmt Abstand von seinem Vorhaben.

»Eine schöner Abend, dieser Abend«, sagt er.

»Der Schriftsteller«, sagt der Mann und richtet sich zu voller Größe auf. »Man sieht sich immer zweimal im Leben.«

»Hat welcher Fußballer gesagt?«, fragt Strömberg und tippt auf Berti Vogts, »aber er ich kann mich auch irren.«

»Irren ist menschlich«, sagt Gramlich.

»Kann ich Ihnen irgendwie behilflich sein?«, fragt Strömberg.

»Danke«, sagt Gramlich.

»Die Wahrheit ist, dass mir auf Erden nicht zu helfen war«, zitiert Strömberg Kleist.

»Das kannst du laut sagen«, sagt Gramlich. »Was ich gerade erlebt habe …« Er wird leiser. »Das können Sie sich nicht vorstellen.«

»Ich bin Schriftsteller«, sagt Strömberg. »Ich lebe auch von meiner Vorstellungskraft. Haben Sie übrigens mein Buch gelesen?«

»Nein, tut mir leid, ich hatte noch nicht die Zeit dazu«, sagt Gramlich mit echtem Bedauern in der Stimme.

»Kein Problem«, erteilt Strömberg Absolution. »Wie gedenken Sie, den Abend fortzuführen? Ich hätte Lust, mit Ihnen zu plaudern und etwas zu trinken. Was halten Sie davon?«

»Keine schlechte Idee«, sagt Gramlich mit einem gequälten Gesichtsausdruck.

»Café Schadé?«

Gramlich ist einverstanden, einen bessere Ablenkung kann er sich im Augenblick nicht wünschen. Aber müsste er nicht erst den Chef informieren? Muss er? Gar nichts muss er, nur sterben, wie schnell das gehen kann, hat er gerade mit eigenen Augen gesehen.

Der Chef ist ein Arschloch, in dem Punkt stimmt er Kaan zu, posthum sozusagen. Der Chef braucht nicht einmal zu erfahren, dass er sich mit Kaan getroffen hat. Weiß der Teufel, warum der Türke oder Araber erschossen wurde. Vielleicht galt die Kugel einem anderen Türken in der Kneipe, Mord aus Rache oder um irgendeiner verschrobenen Ehre zu genügen oder so etwas in der Art. Damit will Werner Gramlich nichts zu tun haben. Oder stecken die Jungs, die Kaan in den höchsten Tönen gelobt hat, hinter dem Anschlag? Auch gut. Hauptsache, ihn hat es nicht erwischt. Was gehen ihn Kaans Geschäfte an? Nichts! Gramlich ist sich keiner Schuld bewusst.

Strömberg hält Gramlich seine Zigarettenpackung hin, gibt ihm auch Feuer, rauchend überqueren die Männer die Müllerstraße, laufen schweigend die Luxemburger hoch, biegen in die Tegeler, noch zweihundert Meter, hundert … Plötzlich knallt es, einmal, zweimal, dreimal.

Gramlich wirft sich auf den Boden und brüllt: »Geh in Deckung, Schriftsteller!«

Strömberg schnickt seine Kippe auf die Strasse. Kinderlachen, noch ein Knall, ein Zischen, Gelächter.

»Ist denn schon Sylvester?«, ruft Strömberg den Kindern zu. Sie schenken ihm keine Beachtung.

Gramlich ist mit einem Ruck auf den Beinen, säubert mit beiden Händen seinen Anzug und sagt: »Im Wedding weiß man nie ...«

24

An diesem Montag im August hat der Spätsommer auf einmal keine Lust mehr, noch länger mild und freundlich zu sein, und verkleidet sich in einen übellaunigen Frühherbst. Ein steifer Wind schüttelt die Äste, tanzt auf den Dächern, wütet über Terrassen und Balkone und stürzt um, was ohne Halt ist.

Er fegt Papierschnitzel und Plastikabfälle, Flyer und Blätter über das Kopfsteinpflaster, türmt sie zu kleinen Haufen und jagt sie wieder auseinander. Er bläst Anette Schwarz ins Gesicht, zersaust die Frisur, kriecht unter die Lederjacke und schlüpft unter das T-Shirt.

Im Café Schadé findet die Hauptkommissarin Schutz und Ruhe und eine ofenheiße Kartoffelsuppe, genau das Rechte, um der plötzlichen Klimaveränderung angemessen zu begegnen.

Nach dem dritten Löffel Suppe hat sie die Betriebstemperatur erreicht, die sie benötigt, um ihrer Ich-stelle-mir-vor-Phantasie freien Lauf zu lassen: Natascha Ginsberg hat ihren Freund und Vater ihrer Tochter zweifelsfrei identifiziert. Gut. Verwunderlich ist nur, dass sie ihn nicht vermisst gemeldet hat. Hat sie gewusst, dass er tot ist? Setzt sie jemand unter Druck? Sie gibt vor, nicht zu wissen, wo Marcus Liebenwald die Stunden vor seinem Tod verbracht hat, weiß angeblich nicht einmal genau, wann sie ihn zuletzt gesehen hat, behauptet keine Ahnung zu haben, dass er geboxt hat, will bei ihm niemals Boxhandschuhe oder Boxschuhe gesehen haben. Unglaubhaft. Andererseits ist ein Marcus Liebenwald bei keinem Berliner Boxclub gemeldet, wurde und wird in keiner Mitgliederkartei geführt. Auch die zahlreichen Kampfsportvereine wollen ihn nicht kennen.

Ein unbekannter Boxer, randvoll mit einem dubiosen Aufputschmittel, liegt zerschlagen und mit schweren inneren Verletzungen, die ebenfalls zum Tod hätten führen können, eines Nachts in einem Grab auf dem Dorotheenstädtischen Friedhof. Niemand vermisst den jungen Mann, niemand will ihn zu Lebzeiten gekannt haben, keine Freunde, keine Bekannten, die Eltern tot, keine Geschwister, eine Tochter, die mit ihren fünfzehn Monaten natürlich nichts zur Aufklärung beitragen kann, eine Freundin, die offensichtlich mehr weiß, als sie zugibt. Noch Fragen?

Anette Schwarz löffelt die Suppe aus und zahlt mit einem Fünfzig-Euro-Schein, ihr Gewinn vom Wochenende: fünf Spiele hat sie richtig getippt, zweimal sogar das Ergebnis, darunter die überraschende Niederlage der Bayern beim Aufsteiger Cottbus und die Heimniederlage der Herthaner.

Am Nebentisch hat jemand seinen *Kurier* vergessen. Sie greift nach der Zeitung, sucht ihr Horoskop:

Superkondition mit Sternengarantie ... ungeahnte Energiereserven ... nehmen Sie sich mehr Zeit für sich selbst ...

»Genau«, sagt sie und bestellt einen Latte Macchiato, obwohl sie die gefleckte Milch eigentlich nicht mag, überfliegt die Bundesliga-Tabelle, blättert um und entdeckt eine Ankündigung, die sie in eine eigenartige Unruhe versetzt:

Weltmeisterschaftskampf in Berlin ... Der Weddinger Boxstall ELMI PROMOTIONS veranstaltet am kommenden Sonnabend einen Weltmeisterschaftskampf im Halbschwergewicht nach Version der IBCC ...

Sie notiert sich Zeit und Ort und ist fest entschlossen, zum ersten Mal in ihrem Leben zum Boxen zu gehen.

25

Strömberg schaut vom Wohnzimmer auf die Straße und erklärt diesen Nachmittag an einem Montag im August zum Tag der Arbeit. Er hat lange und gut geschlafen und ist voller Tatendrang, aber sein hungriger Magen sagt ihm, dass er nichts Großes gebären wird. Deshalb nimmt er den Regenmantel vom Kleiderhaken im Flur und stapft zu Hatun, kauft Schrippen, Croissants, Donauwellen und Liebesknochen.

Hatun wiederholt die Bestellung, sichtlich aus der Fassung gebracht. Strömberg legt einen Zehn-Euro-Schein auf die Theke und sagt: »Hatun, ich bin reich!«

»Hast du im Lotto gewonnen?«

»So ähnlich.«

»Du Glückspilz.«

»Hatun, wenn du nicht schon verheiratet wärst, und ich nicht Anna liebte, wäre ich nun in der Lage, dich zu heiraten. Ich glaube, ich muss sehr alt werden, bis ich Anna vergesse. Ich fürchte, ich werde meine Liebe mit ins Grab nehmen.« Strömberg faltet die Hände und schüttelt sie kräftig.

»Nichts dauert ewig«, sagt Hatun.

»Das hat Anna auch gesagt, damals, als es mit uns begann, nicht für ewig, hat sie gesagt, aber für immer. Eine Liebe, die nicht erwidert wird, ist jede Minute eine Ewigkeit, verbunden mit Höllenqualen.« Strömberg überlegt, ob der Satz tauglich ist, um im korallenroten Notizbuch verewigt zu werden, verneint in Gedanken, dreht sich einmal um die eigene Achse und sieht an der Tür ein Plakat: ein pausbäckiger junger Mann, kahlgeschoren und mit dunkelbraunen, traurigen Teddybäraugen, in der Pose eines Boxers.

»Mein Bruder«, sagt Hatun.

»Dann sehen wir uns beim Kampf«, sagt Strömberg. »Ich werde in der ersten Reihe sitzen und hoffentlich nicht blutbesudelt nach Hause kommen.«

»Mein Bruder hat es mir verboten«, sagt Hatun und legt die Stirn in Falten. »Dabei bin ich älter als er und habe ihm noch den Arsch abgewischt, als er schon vier war.«

»Auf mich wartet eine Menge Arbeit«, sagt Strömberg und vergisst absichtlich das Wechselgeld.

Zeitung und Zigaretten kauft er bei Herrn Singh, der ihm gleich von seinem neuesten Plan erzählt: Demnächst wird er ein indisches Restaurant eröffnen.

»Glückwunsch«, sagt Strömberg und sieht nun auch in Herrn Singhs Laden das Plakat hängen. »Ich habe eine Karte, erst Reihe …«

»Glückwunsch«, sagt Herr Singh. »Ich auch.«

Strömberg begleicht seine Schulden, verschlingt auf dem Heimweg eine Donauwelle, wischt die Schokoladenfinger an der Haustür ab und freut sich auf seine Wohnung. Er isst und raucht in der Küche, liest den Sportteil, das Feuilleton, die Nachrichten aus aller Welt, zum Schluss die lokalen Meldungen:

Kaltblütiger Mord in einer Weddinger Kneipe… ein beliebter Treffpunkt für Kurden … der 23jährige Kaan G. wurde regelrecht hingerichtet … war auf der Stelle tot … Hintergründe der Bluttat noch ungeklärt … Drogenmilieu … politischer Hintergrund nicht auszuschließen …ermitteln in alle Richtungen … Mauer des Schweigens …

Strömberg ist in unmittelbarer Nähe gewesen, als der Schuss … Unmöglich, er hätte doch etwas hören, vielleicht sogar sehen müssen. Er kann sich an nichts Auffälliges erinnern: der Flaschensammler ein gut getarnter Todesschütze? Oder Gramlich? Mit dem dicken Mann hat er sich bestens unterhalten, ungefähr vier Stunden im Café Schadé. Ein Gespräch über Gott und die Welt mit einem Mörder? Lächerlich. Strömberg fragt sich, ob er zur Polizei gehen und aussagen soll. Ein guter Grund, Anette Schwarz anzurufen? Lachhaft, wo er doch rein gar nichts beitragen kann zur Aufklärung. Das scheint zu seinem Schicksal zu werden: Strömberg, der blindtaube Begleiter des Todes.

Er räumt den Tisch ab, stellt das Geschirr in die Spüle und setzt sich an den Computer: Post von ZarahLeander@redsun.de:

Hi Herr Schriftsteller, hier ein paar Gedanken. Vielleicht sind sie zu einfach oder zu kompliziert. Ich weiß es nicht. Ich überlasse die Entscheidung Ihnen, ob und wie sie meine Vorschläge verwenden;-) Sieht ganz danach aus, als ob ich kalte Füße bekommen hätte … hähähä☺ Habe ich auch. Schlimm? Oder haben Sie noch niemals im Leben Schiss gehabt? Bin sehr gespannt, was nun von Ihnen kommt. Gruß und fröhliches Schaffen, Zarah L.

Strömberg speichert den Anhang in seinem Aktenkoffer und lässt ihn ungeöffnet. Er sucht nach einer Dringlichkeit, einer Rechtfertigung, die Wohnung zu verlassen. Das Druckerpapier ist aufgebraucht, wenn das kein Grund ist. Er mag es nicht, Texte am Bildschirm zu lesen. Es strengt zu sehr an. Buchstaben auf Papier, die sinnliche Variante des Lesens, dazu ein weicher Bleistift für die Korrekturen, Kaffee und Zigaretten, das kommode Stöbern in eigenen und fremden Wörterwelten.

Der Wind spielt mit seinem Haar, Strömberg mit dem Gedanken, auf dem Rückweg im Spritzenhaus in der Oudenarder Straße einzukehren und solide deutsche Küche zu genießen. Er überquert die Schulstraße. Auf der Höhe der Nazarethkirche trifft er auf ein gutes Dutzend uniformierter Halbwüchsiger: türkisch-arabische Kiez-Guerilla in beigeschwarzen US-Kampfhosen und schwarzen Basecapes. Es riecht nach Krawall. Strömberg könnte umkehren oder rasch die Straßenseite wechseln. Kleinbeigeben und in vorauseilender Angst kapitulieren?

Er hebt den Kopf, nur keine Schwäche zeigen, bloß nicht als potenzielles Opfer wahrgenommen werden; aufrechter Gang, stur geradeaus gucken, mit keinem in Blickkontakt treten und …

Einer aus dem Jungmännerpulk versetzt ihm einen Rippenstoß. Nicht stehen bleiben, vorwärts und nie vergessen …

Strömberg murmelt: »Was soll'n das?«

… Vorwärts und nicht vergessen, beim Hungern und

beim Essen, die Solidarität ... Zwanzig, dreißig Meter später, drehen sie um, sprinten wie um ihr Leben. Strömberg ahnt es nur, trägt den Kopf noch höher, vorwärts, nur vorwärts und nie vergessen, nicht ausrasten, den Mund verschlossen halten: Gleich werden sie ihn von allen Seiten beschimpfen, der übliche verklemmte Wortschatz, täglich zu hören, vor den Internetcafés, in der U-Bahn, auf den Schulhöfen und Spielplätzen: *Hure, Hurensohn, deine Mama Votze, ich fick dich, fick dich, Schwuli ...*

Geschubse oder Schläge, wenn die Worte verbraucht, die Beleidigungen mehrfach ausgetauscht sind.

Einmal hat Strömberg es anders erlebt. »Du Jude«, hat ein Junge gerufen, sieben oder acht Jahre alt: »Du Jude«, auf dem Spielplatz in der Maxstraße. Kein Gelächter, keiner, dem eine Steigerung eingefallen wäre, wie eingefroren die Szene, für Sekunden ein Schweigen, vermischt mit einem Rest Scham.

Die Sprache einer gescheiterten Integrationspolitik, geduldete Einfalt statt wirkliche Vielfalt zu fördern: Toleranz ist längst zu einer Schutzbehauptung für die Bequemen geworden, die dahinter gut ihre Gleichgültigkeit verbergen können. Die grünen und regenbogenbunten Gutmenschen kehren spätestens dann dem Wedding den Rücken, wenn die Einschulung ihrer Kinder ansteht.

Strömberg denkt sich in Rage und erwägt, einen Leserbrief zu schreiben oder in die Politik zu gehen oder ...

Plötzlich liegt er am Boden, seine Verfolger haben gleich auf Worte verzichtet: ein Tritt in den Rücken, drei, vier

Fußtritte in die Rippen, Abflug …

Strömberg weiß nicht, wie ihm geschehen ist, vor allen Dingen kapiert er nicht, warum ihm überhaupt Gewalt angetan worden ist. Das linke Knie und die Hände bluten. Auf der Wiese vor der Nazarethkirche sitzt ein junges Paar, stumme Betrachter einer Gewaltszene, kostenfreies Freilichtkino.

Strömberg wählt den Notruf, trägt weinend vor, was ihm wiederfahren ist, wartet auf die Beamten, ein Mann und eine Frau, die zehn Minuten später eintreffen, seinen Ausweis verlangen, ihn Fragen, ob und womit er die Jugendlichen provoziert habe, kein Interesse an den vermeintlichen Zeugen auf der Wiese haben, aus Strömberg einen Vorgang mit Aktenzeichen machen, ihn auffordern, beim nächsten Mal direkt zur Wache zu gehen, ihn ermuntern, seine Verletzungen selbst zu versorgen.

Strömberg fühlt sich allein wie ein Kind im Menschengedränge eines Vergnügungsparks. Warum fahren die Polizisten nicht mit ihm die umliegenden Straßen ab? Weit können die Kiez-Guerillas ja nicht sein.

Wohin mit der Wut? Wie das Gefühl kompensieren, der einsamste Mensch in Groß-Berlin zu sein? Die Staatsgewalt verabschiedet sich: Er könne in den nächsten Tagen in Tempelhof eine Täterkartei durchsehen, vielleicht …

»Danke«, sagt Strömberg und weiß nicht, wofür er sich bedankt. Das Pärchen gafft und trinkt Bier. Strömberg hinkt in den frühen Nachmittag.

26

»Dieser Idiot!«

Der Chef fasst sich an die Stirn, grapscht dann nach seinem Handy, das vor ihm auf dem Schreibtisch liegt, klappt es auf, klappt es wieder zu und bläst die Backen auf.

»Habe ich es denn nur noch mit Idioten zu tun? Kannst du mir nichts Genaues erzählen? Du weißt, es hat keinen Sinn, mir etwas zu verheimlichen. Früher oder später kommt die Wahrheit doch ans Licht!«

Gramlich lächelt milde. Plötzlich fühlt er sich um Jahrzehnte zurückversetzt und an seine Schulzeit erinnert: die Mahnworte seiner Neuköllner Lehrerin, deren Name ihm entfallen ist.

»Du warst doch in letzter Zeit oft mit Kaan zusammen«, setzt der Chef nach. »Hat er dir etwas gesteckt? Ist dir eine Veränderung an ihm aufgefallen? Kaan muss doch irgendeine Schweinerei am Laufen gehabt haben. Man wird doch nicht ohne Grund abgeknallt, nicht einmal im Wedding.«

»Keine Ahnung, Chef«, antwortet Gramlich und spürt ein Ziehen in der Magengegend.

»Die Bullen waren heute bei mir«, fährt Michalek fort.

»Und?«

»Nichts und? War ja klar, dass die früher oder später auftauchen würden. Ist doch ein Kinderspiel herauszufinden, dass Kaan für mich arbeitet, gearbeitet hat. Ich habe nichts mit seinem Tod zu tun. Das ist auch klar.«

»Klar, Chef.«

»Wozu der ironische Unterton? Für Ironie bin ich zuständig. Zweifelst du an meinen Worten?« Er boxt Schatten. »Obwohl, Zweifel sind ja bekanntlich der Weisheit Anfang. Aber du wirst nur jeden Tag schrulliger und fetter statt weiser, daran besteht kein Zweifel.«

Er lacht gehässig. Gramlich hätte ihm am liebsten die Faust zwischen die Zähne gerammt, aber er weiß sich zu beherrschen und senkt das Haupt, eine eingeübte Geste der Unterwürfigkeit.

»Ich überlege, ob ich dich nicht in den Vorruhestand schicke«, sagt Michalek nach einer kleinen Pause. »Knastfreundschaft hin und Knastfreundschaft her. Ich kann mir keine Fehler leisten. Deine Fehlerquote ist in jüngster Zeit mächtig gestiegen.«

»Aber Chef …«, fängt Gramlich an und hätte auch nicht mehr einzuwenden gehabt, wenn Michaleks Handy nicht gefiept hätte.

Der Chef verdreht die Augen, als er hört, wer anruft.

»Ist das nun Mut oder einfach nur Dummheit?«, presst er hervor. »Ich zahle keinen Cent zusätzlich. Aber das hat man von seiner Gutmütigkeit. Ich habe dir aus reiner Kulanz Geld gegeben. Ich bin zu nichts verpflichtet. Ich kann nichts dafür, dass dein Macker das Zeitliche gesegnet hat. Ich nicht! Berufsrisiko, verstehst du, niemand hat ihn gezwungen, in den Ring zu steigen. Es war sein Job. Ein Arbeitsunfall, verstehst du? Leider steht dafür keine Berufsgenossenschaft gerade. Ende der Ansage.«

Michalek atmet schwer. Gramlich befühlt unauffällig

auffällig seinen Bauch: das verdammte Ziehen, manchmal auch schmerzhafte Stiche. Den Vorruhestand hätte er sich verdient, aber wer zahlt ihm eine angemessene Rente? Michalek nicht, todsicher.

»Die Tussi zickt rum«, sagt der Chef. »Hat mir gerade noch gefehlt, dass die Tussi mir Ärger macht. Ich schlage vor, du stattest der Dame noch einmal einen Besuch ab und gibst ihr zu verstehen, dass wir keine Wohlfahrtsorganisation sind. Und sag' es ihr mit deutlichen Worten, verstehst du?«

Gramlich nickt ergeben, heilfroh, dass er endlich gehen darf, egal wohin.

27

Strömberg hat keine Ahnung, wohin er sich wenden könnte. Er will nur nicht allein sein, sehnt sich nach Anteilnahme, vermisst einen Mitleider, einen Menschenversteher.

Das linke Knie brennt, ein großer Winkelriss in der Hose, ein Loch im Jackenärmel, ein weiterer Anzug, den er in die Mülltonne stopfen kann.

Wie von einer unsichtbaren Hand geführt, steht er auf einmal vor einem fünfgeschossigen Siebziger-Jahre-Bau in der Antonstraße und drückt auf den mittleren Klingelknopf, Vorderhaus, drittes Obergeschoss, stemmt sich gegen die Glastür, als er den Türsummer hört, steigt schwerfällig die grauen Steinstufen hinauf: ein stilles Treppenhaus, gepflegt und aufgeräumt, anscheinend von ordentlichen Menschen bewohnt.

»Entschuldigung«, sagt er.

»Oh«, sagt sie, keineswegs überrascht, auch nicht überrumpelt oder erstaunt, erst recht nicht erfreut, keinerlei Anflug einer Gefühlsregung.

»Entschuldigung«, wiederholt er und deutet auf das verletzte Knie.

»Oh«, wiederholt sie und lässt ihn tatsächlich eintreten.

»Man hat mich gerade überfallen«, sagt er, vielleicht eine Spur zu dramatisch.

»Waren das Neonazis?«

Wie kommt sie auf diese Möglichkeit? Gleich dämmert es ihm, er gilt ja in ihren Augen als extrem links, weil er sich einmal für die Verstaatlichung der Banken und

Stromkonzerne ausgesprochen hat.

»Ehrlich gesagt, ich hätte mich gefreut, wenn welche in der Nähe gewesen wären«, sagt er und fügt schnell hinzu: »War nur ein Witz.«

»Sehr komisch«, sagt sie und führt ihn in die Küche. »Ich habe nichts, womit ich die Wunde desinfizieren könnte, nur ein einfaches Pflaster. Willst du nicht vorsorglich zu einem Arzt gehen? Hast du die Polizei benachrichtigt?«

»Meistens genügt ein einfaches Pflaster«, sagt er und setzt sich ächzend auf einen Stuhl.

Sie wühlt in einer Schublade, fördert Kontoauszüge, Ansichtskarten, Telefonrechnungen und schließlich eine Packung Pflasterstrips zutage, bedruckt mit niedlichen kleinen Bären. Er zieht das Hosenbein hoch.

»Oh«, sagt sie beim Anblick der Wunde, die noch immer blutet.

»Tut mir leid«, sagt er.

Sie verarztet ihn notdürftig, rät erneut, medizinische Hilfe in Anspruch zu nehmen und schaut demonstrativ auf die Bahnhofsuhr über der Spüle.

»Danke«, sagt er und erhebt sich so schwerfällig, wie er sich gesetzt hat und hofft, sie würde ihn zum Bleiben auffordern: ein Plausch bei einer Tasse Kaffee über alte Zeiten, vielleicht auch über zukünftige. Da dreht sich ein Schlüssel in der Wohnungstür. Ein sehr großer und auffallend dünner Mann mit einem prächtigen Schnauzbart steht auf einmal in der Küche, einen Strauß roter Nelken in der einen Hand und in der anderen einen Kasten Pralinen haltend.

Strömberg grüßt zuerst. Der dünne Mann nickt ihm nur zu, guckt Anna fragend an.

»Das ist …«, fängt Anna an.

»… nicht wichtig«, sagt Strömberg hastig. »Mein Termin, beinahe hätte ich meinen Termin vergessen. Ich bin sehr vergesslich geworden in letzter Zeit. Andererseits ist es eine Gnade des Alters. Eine schönen Tag noch …«

Er hat keine Lust auf eine verkrampfte Vorstellungszeremonie. Nach der geglückten Flucht humpelt er zu Karstadt und kauft sich eine Flasche Single Malt Whisky.

28

»Haben Sie das Geld? Von schönen Worten wird meine Tochter nicht satt.« Natascha Ginsberg denkt gar nicht daran, den dicken Mann in ihre Wohnung zu lassen.

Gramlich reibt sich die Hände. Ratlosigkeit steht in Großbuchstaben in seinem Gesicht geschrieben. Er kommt sich vor wie ein zurückgewiesener Vertreter: die bedauernswerten Typen, die einem einen Staubsauger oder einen Telefonanschluss andrehen wollen. Was hat er zu bieten? Auftragsgemäß eine Drohung, möglichst massiv und wirksam.

»Ich möchte wirklich nur mit Ihnen reden«, sagt er.

»Aber ich nicht mit Ihnen«, sagt sie und schlägt ihm die Tür vor der Nase zu.

Er hätte sie leicht knacken können: billiges Material und ein Schloss, das den Namen nicht verdiente.

»Sie werden ja sehen, was Sie davon haben«, spricht er gegen das Holz.

29

Anette Schwarz trabt an diesem Dienstag im August durch den Schillerpark. Dafür hat sie eine Stunde Schlaf geopfert. Der Himmel strahlt in einem Sonntagsblau, als habe er sich fein gemacht für ein Ansichtskartenfoto.

Rentner führen ihre Hunde zum Kacken. Drei Frauen, versteckt im schwarzen Tschador, joggen in Reih und Glied über den Kiesweg. Ihre Brüste wippen dabei im gleichen Rhythmus auf und ab.

»Die Integration der kleinen Schritte«, ruft eine junge Frau, die auf der Wiese ihren bauchfreien Körper stretcht. Sie deutet ungeniert auf die verschleierten Läuferinnen. Anette Schwarz hebt die Hand zum Gruß und lächelt.

Das Klingeln des Handys verändert ihren Gesichtsausdruck, ein grimmiger Blick auf das Display: Dr. Waller, zu so früher Stunde, der Mann scheint bei seinen Leichen zu übernachten.

»Moin, Wallerchen«, begrüßt sie den Gerichtsmediziner mit einer Heiterkeit, die der momentanen Leichtigkeit ihres Daseins entspricht. Sie läuft zu einem Spielplatz, setzt sich auf die Schaukel und schaukelt sanft hin und her.

»Ich denke, das interessiert dich, Frau Hauptkommissarin«, sagt Dr. Waller. »Es gibt eine Verbindung von dem erschossenen Kurden zum Toten auf dem Dorotheenstädtischen Friedhof. Ich fand identisches DNA-Material und …«

»Gut, gut, Wallerchen«, unterbricht sie ihn. »Das passt buchstäblich wie die Faust aufs Auge. Danke, dass du mich sofort in Kenntnis gesetzt hast.«

»Keine Ursache«, sagt er. »Ich weiß auch, wie du dich erkenntlich zeigen könntest. Der Italiener, von dem ich dir …«

»Mein Akku macht gerade die Grätsche«, sagt sie und drückt ihn weg.

Sie schaukelt höher und höher, streckt die Beine dem Himmel entgegen und fühlt sich wolkenfederleicht. Dieser Michalek wird sie bald von einer anderen Seite kennen lernen, mehrfach vorbestrafter Zuhälter und Mädchenhändler, nennt sich jetzt Box-Promoter. Marcus Liebenwald muss zu Michaleks obskurem Boxstall gehört haben. Und dieser Kaan hat auch für Michalek gearbeitet. Möglicherweise ist er es gewesen, der Liebenwald in das Grab geworfen hat. Warum leugnet Natascha Ginsberg, dass ihr Freund geboxt hat? Setzt Michalek sie unter Druck? Erpresst sie diesen Michalek?

»Flieg, Engelchen, flieg …«, ruft Anette Schwarz und springt von der Schaukel.

30

Strömberg glaubt, sein Kopf müsse jede Sekunde explodieren. Er hat schon die dritte Aspirin eingeschmissen und sich zweimal übergeben. Geholfen hat beides nicht. Er überwindet sich und duscht eiskalt, isst dann zwei Eier im Glas und trinkt einen Liter Orangensaft. Immerhin schmeckt danach die Zigarette wieder, ein nicht unerheblicher Fortschritt, wie Strömberg findet.

Der Single Malt Whisky mag ein paar tausend Gehirnzellen auf dem Gewissen haben, die Erinnerung an den vorangegangenen Tag hat er jedenfalls nicht ausgelöscht: der kurze und letztlich unspektakuläre Besuch bei Anna, zuvor das schmerzhafte Zusammentreffen mit der halbwüchsigen Kiez-Guerilla, Wut und Rachegefühle, wenn er nur an die Burschen denkt, schließlich die Frage nach der eigenen Schuld, das sinnlose Grübeln über richtiges oder falsches Verhalten. Was hätte er tun können, um die Aggression zu verhindern? Rechtzeitig ausweichen, schweigen, abhauen? Oder hätte er beim ersten Rippenrempler selbstbewusst Stärke demonstrieren müssen? Und zwar in einer Sprache, die die Kerle verstehen?

Er trägt die leere Whiskyflasche vom Wohnzimmer in die Küche und entsorgt sie im Mülleimer. Dann wirft er den Computer an. Die Arbeit wird ihn ablenken, eintauchen in die Wörterwelt, sich frei schreiben. Er legt Papier in den Drucker und druckt aus, was Zarah L. ihm geschickt hat, legt sich mit dem Ausdruck auf die Couch:

*Erster Versuch, das Wahre in der Wahrheit zu finden.
Der Kämpfer, eine absurde Geschichte.*

Berlin, irgendwo, eine ehemalige Fabrikhalle, auserlesene Gäste, seiden und halbseiden, sensationsgeil und mit viel Geld in der Tasche. Im Umkleideraum wartet das Menschenmaterial auf seinen Auftritt: Berliner Jungs, die für ein paar Scheine zu allem bereit sind. Junge Männer aus osteuropäischen Ländern, mit dem Versprechen, reich und berühmt werden zu können, nach Deutschland gelockt. Kämpfer, junge, starke, erfolgshungrige Fighter, die das Risiko kennen und unterschrieben haben, es allein zu tragen. Sie kennen die Regeln. Eine Runde dauert drei Minuten, ein Kampf endet erst mit der Aufgabe oder dem Knockout des Gegners. Schläge unter die Gürtellinie und Fußtritte sind verboten. Die Kommandos des Ringrichters sind zu beachten.

In der Halle wird gewettet. Vorher werden die Kämpfer noch einmal durch den Ring geführt: eingeölte, durchtrainierte Körper. Der Einfachheit halber tragen sie Startnummern. Wer kann sich auch all die fremdländischen Namen der Faustkämpfer merken? Namenlose, durchnummerierte Kampfmaschinen, die bis auf wenige Ausnahmen bald wieder ausgetauscht werden. Nur die wenigen Publikumslieblinge dürfen öfters in den Ring klettern. Frischfleisch ist angesagt bei den Zuschauern, jungfräuliche Kämpfer.

Sie wetten auf die menschlichen Nummern, Sieg oder Niederlage. Mindesteinsatz fünfzig Euro, nach oben gibt es kein Limit. Der Promoter ist auch gleichzeitig die Bank. Dazu ein kleines Zusatzgeschäft, Muntermacher für die Boxer, damit sie aggressiver werden, Schmerzen aushalten können, keine Sekunde an Aufgabe denken und kämpfen bis zum Umfallen. Der Sieger erhält seine bescheidene Gage und fünf Prozent von der Summe, die auf ihn gesetzt wurde.

Zweiter Versuch, das Wahre in der Wahrheit finden. Oder: der eine singt vor dem Kampf, der andere nicht.

In der roten Ecke: Igor Nastajew aus der Ukraine, 21 Jahre alt, Kampfgewicht 74 Kilo, lupenreiner Kampfrekord, 23 Kämpfe, 23 Siege, davon 17 durch K.o. Kampfname: Ukrainischer Hammer …

In der blauen Ecke begrüßen wir aus Berlin-Wedding: Marcus Liebenwald, 24 Jahre alt, Kampfgewicht 73 Kilo, Kampfrekord 5 Kämpfe, fünf Siege durch Knock-out, Kampfname: Wedding Fighter …

Es folgt das übliche Brimborium, ein fades Ritual zur Belustigung des Publikums: das Abspielen der Hymnen, Deutschland, Deutschland über alles … noch sind der Ukraine Ruhm und Freiheit nicht gestorben … über und über alles …

Der Mann aus der Ukraine singt so laut, dass man es noch in der fünften Reihe hört. Der Deutsche starrt auf seine Fußspitzen.

Ring frei zur ersten Runde, kein Abtasten, keine Zeitverzögerung. Die Wetter treiben ihre Favoriten vorwärts. Das Weddinggewächs bringt bei einem Sieg den doppelten Einsatz, dreifach kann man am Mann aus der Ukraine verdienen. Nach dem ersten Gongschlag werden keine Wetten mehr angenommen, nur privat wechseln noch Bündel von Geldscheinen von einer in Unschuld gewaschenen Hand in eine andere manikürte Pranke. Sie sagen die Dauer des Kampfes voraus, loben Prämien für die Faustkämpfer aus, schlürfen Champagner und grapschen ab und an den Siliconbusen ihrer Begleiterinnen.

Ring frei zur zweiten Runde. Blut, Blut muss fließen ohne Unterlass, noch sind Ruhm und Freiheit nicht gestorben, über alles in der Welt, aufgeplatzte Augenbrauen, blutige Nasen.

Klammern, wenn dringend eine minimale Verschnaufpause benötigt wird, dabei den heißen Körper des Gegners fühlen, zurückweichen beim zweiten Trennkommando des Ringrichters, bewegen, tänzeln, die Deckung niemals vernachlässigen, ausweichen, mit der Führhand attackieren, den nächsten Angriff sorgfältig vorbereiten, in die Lücke stoßen, links, rechts, rechts, eine Doublette, scheinbar wirkungslos, dem folgt ein Uppercut … Getroffen, endlich getroffen, rechts, rechts, links, Leberhaken, zum Ersten, zum Zweiten und selber einstecken, Jochbein, Stirn, Nase, Halsschlagader, Hinterkopf, linkes Auge blau, rechtes Auge blau.

Nicht taumeln, nicht die Fäuste hängen lassen, aus dem Schmerz neue Wut und Aggressivität entwickeln, eine Überdosis und unüberlegt eindreschen, gegen eine Deckung aus Zement. Unten das Gejohle, unflätige Worte, Beleidigungen in allen Sprachen der Welt. Weibergekreische. Aus dem Nichts eine rechte Gerade, Kinntreffer, Volltreffer, Blattschuss. Der Gong rettet vor dem Verderben. Der Hocker auffangbereit für den geschundenen Körper. Den Mundschutz ausspucken. Einen nassen Schwamm im Gesicht und auf dem Kopf spüren. Leben, neues im alten. Einer redet auf ihn ein, Wortfetzen, unerhört und sowieso unbedeutend.

Ring frei zur dritten Runde. Und alles auf Anfang. Und noch einmal alles versucht und gewagt, links, rechts, links, rechts. Der ukrainische Stahlkoloss wankt nicht einmal, steckt jeden Schlag ein und weg und kontert, schnell, schneller, hart, am härtesten, beinahe ansatzlos, kein wildes Gehaue wie beim Kirmesboxen, überlegte Schläge, hinter denen eine ausgefeilte Technik steht, Können und Talent …

»Aufstehen …«
»Weichei …«
»Warmduscher …«
»Schwuli …«
»Betrüger …«
»Aufstehen …«

Der Ringrichter zählt auf Englisch, obwohl er aus Neukölln stammt: »…three, four, five, six, seven …«

»Aufstehen …«

Einer hebt die Fäuste, während der andere sie in einem Anflug von Enttäuschung sinken lässt.

»Fighten …«
»Kämpfen …«
»Fighten …«

Er darf seine Handschuhe am Hemd des Ringrichters abwischen, noch 45 Sekunden … Einer stürzt sich wie ein Rammbock auf den Gegner, während der andere sich die Fäuste vors Gesicht hält, ein verschrumpeltes Männlein, zu klein, zu wendig, einfach nicht zu treffen, niemals zu besiegen! Die zweite, die dritte Luft, vorwärts, vorwärts ... Gongschlag.

Einer stakst in die verkehrte Ecke, während der andere schon begierig an der Wasserflasche saugt. Einer schmeckt Blut auf der Zunge, findet endlich seinen Platz, streckt die bleiernen Beine weit von sich, als wolle er sie endlich loswerden. Er spuckt aus, er trinkt, er atmet schwer, er will Kopf und Körper mit Hass aufladen. Ein Feind, er oder ich, Sieg oder Niederlage, Tod oder Leben, leben, leben, über alles, das Bild seiner kleinen Tochter vor Augen, überleben.

Ring frei zur vierten Rund: Er schafft es, den Kampf offen zu gestalten, er trifft, er wird getroffen, aber seine Fäuste treffen auch ins Ziel, ein pausenloser Schlagabtausch, In den hinteren Reihen stehen sie auf den Stühlen und kotzen sich die Sensationsgier aus dem Leib. Wetteinsätze werden verdoppelt, die Prämien erhöht, dem Sieger winkt ein kleines Vermögen:
»*Umhauen, wegputzen ... zeig der Ukrainer-Sau, dass du Eier in den Hosen hast ... plattmachen, alle machen ... zeig dem Wedding-Schwein, dass du drei Eier in der Hose hast ...*«
Einer lacht, einer schließt die Augen, noch einmal aufbäumen, die Müdigkeit wegstecken, wohin?

»*Kämpfen ...*«
»*Fighten ...*«
»*Aufwachen, Schlafmütze ...*«

Einer hängt plötzlich in den Seilen, wehrlos, während der andere gnadenlos auf ihn einschlägt, links, rechts, links, rechts, wie im Training auf den großen Sandsack, der mehr Gegenwehr bringt. Flieg doch, weißes Handtuch, flieg doch endlich … Ein Schlag trifft die Halsschlagader, Jubelekstase auf allen Plätzen, eine Faust hämmert in die Magengrube, links, rechts, rechts, fünffache Doubletten, wirkungslose Wirkungstreffer. Fall doch endlich um … links, rechts, rechts, zwei Aufwärtshaken hintereinander … Fall … aus dem Rahmen, aus dem Ring, fall ins Leben zurück, so fall' doch endlich … Ein Reflex, eine rechte Gerade, kraftlos, vielleicht der Lucky Punch, nur ein Windhauch, der nicht einmal ein Mobile bewegen würde. Haken auf Haken, eine Strafaktion, jeder Schlag eine Bestrafung, mitleidloses Eindreschen.

Sogar im Publikum wird es etwas stiller, alle warten auf den finalen Treffer: Nichts ist unendlich, so sieh das doch ein, ich weiß, du willst unendlich sein, schwach und klein …
  Endlich der erlösende Kinnhaken … Einer sackt auf die Knie, schlägt der Länge nach auf den Ringboden, ein letztes Zucken der Beine. Der Ringrichter dreht ihn auf den Rücken, das Anzählen lohnt nicht mehr, in keiner Sprache der Welt. Die Siegerpose des Siegers, der aussieht wie ein Verlierer, ein zerschlagenes, blutendes Antlitz. Verhaltener Unmut bei denen, die auf den Verlierer gesetzt haben, keine Pfiffe, Respekt für beider Leistung, Wedding-Ehre.

Strömberg könnte einen Schnaps gebrauchen, sogar das Rauchen hat er vergessen. Er trägt die Blätter zum Computer, räuspert sich, als müsse er gleich eine Rede halten, und haut in die Tasten.

31

Werner Gramlich verdrückt schon die zweite Currywurst am Imbiss zur Mittelpromenade, Straßenbahnhaltestelle Seestraße, lärmig und mit Autoabgasen durchtränkte Luft.

Das Ziehen in der Magengegend ist gleich nach der ersten Wurst verschwunden. Gramlichs Welt ist halbwegs in Ordnung, aber eben nur zur Hälfte. Der Chef ist nicht mehr zufrieden mit seiner Arbeit. Das Gerede vom Vorruhestand entspringt keiner Laune. Gramlich hat allen Grund, ernsthaft darüber nachzudenken. Vor nicht einmal zehn Minuten hat er erneut versagt. Wie diese Tussi ihn abgefertigt hat, als ob er ein Niemand wäre. Nein, die Schmach darf er nicht auf sich sitzen lassen.

In Zeiten, als er den nahen und den weiter entfernten Osten noch mit geklauten Autos beglückt hat, ist er eine angesehene Größe in der Berliner Unterwelt gewesen. Da hat er seine Jungs gehabt, die für ihn gearbeitet haben, und wehe, einer hat nicht nach seinen Vorstellungen gespurt ...

In letzter Zeit schwelgt er des Öfteren in der Vergangenheit, wahrscheinlich weil die Gegenwart bröselig und haltlos geworden ist. Ein Laufbursche ist aus ihm geworden, zugegeben, ein gut bezahlter Laufbursche, der regelmäßig die illegalen Wettannahmestellen abklappern muss. Kassierer und Geldzähler. Er ist noch nie in Versuchung geraten, den Chef auszutricksen. Und so verlockend hoch sind die Summen auch wieder nicht, die er eintreibt, zumal sich der Geschäftsbereich des Chefs auf wenige Bezirke beschränkt. Der Markt ist gut aufgeteilt zwischen Michalek, einer arabischen Großfamilie und einer Rockergruppe. Die Araber und die Rocker führen gelegentlich Krieg gegeneinander. Michalek ist schlau genug, sich aus allen Unstimmigkeiten rauszuhalten. Das sichert ihm ein kleines Stück vom großen Kuchen. Die Schnitte ist groß genug, um ein behagliches Leben führen zu können. Die Araber und die Rocker veranstalten ihre eigenen Kämpfe, zusätzlich hetzen sie Kampfhunde aufeinander. Dafür ist der Chef zu feinfühlig. Behauptet er jedenfalls. Gramlich hat von einem geplanten Kampf Mensch gegen Hund gehört. Ein Gerücht, aber wenn es um Profit und die perverse Befriedigung gelangweilter Nichtsnutze geht, scheint heutzutage nichts mehr unmöglich zu sein.

Gramlich muss würgen. Den Appetit auf eine dritte Currywurst hat er sich phantasievoll selbst verdorben. Er bestellt einen Magenbitter, prostet einem herrenlosen Schäferhund zu, knallt die leere Flasche in die Mülltonne, läuft im Seemannsgang zur Fußgängerampel, wartet gleichmütig, bis er gehen darf, drückt irgendeinen Klingelknopf am Haus, in dem Natascha Ginsberg wohnt, blafft ein gelangweiltes »Werbung« in die Sprechanlage, und zugleich wird ihm geöffnet.

Er schleicht die Treppe hoch, die Currywurst redet mit ihm, und er hätte gerne noch einen Magenbitter getrunken. Türkenmusik dröhnt in der zweiten Etage gegen das beharrliche Kläffen eines Hundes an. Werner Gramlich legt das Ohr an Natascha Ginsbergs Wohnungstür: klassische Musik, die er nicht einordnen kann, das Gequäke eines Kindes, Frauengelächter ... Er nimmt nur drei Schritte Anlauf. Die Tür kracht aus allen Fugen, Holz splittert, ein Aufschrei. Gramlichs rechter Oberarm und seine Schulter schmerzen, aber es bleibt keine Zeit für Selbstmitleid. Unversehens umringen ihn zwei Frauen: Natascha Ginsberg mit ihrer Tochter auf dem Arm, die verstummt ist und den fremden Mann staunend betrachtet. Eine rothaarige Schönheit, ungefähr im gleichen Alter wie die Ginsberg, elegant und teuer gekleidet, grell geschminkt und Gramlich bestens bekannt.

»Dickerchen«, spottet die Rothaarige, »du hast wohl zu viele schlechte Krimis gesehen. Oder musst du überschüssige Kraft loswerden? Uns so zu erschrecken. Und das arme Kind behält ja einen Schaden fürs Leben. Dickerchen, Dickerchen ... Na ja, tiefster Wedding, aber wem sage ich das.«

Natascha Ginsberg greift nach dem Telefon, das auf einem Regalbrett in der Diele liegt.

»Bitte keine Polizei«, fleht Gramlich. »Tut mir leid, ein Versehen. Ich komme selbstverständlich für den Schaden auf.«

»Selbstverständlich«, sagt die Rothaarige. »Und Schmerzensgeld muss natürlich auch sein. Verstanden, Dickerchen?«

»Verstanden«, sagt Gramlich und nimmt sogar eine militärisch straffe Haltung an. Er holt einmal tief Luft und fragt: »Wie kommst du hierher?«

»Auch über die Treppe wie du«, antwortet sie. »Einen Fahrstuhl gibt es in dem Haus ja nicht. Ich habe allerdings geklingelt und gewartet, bis mir geöffnet wurde, Dickerchen.«

»Richtig«, sagt Gramlich. »Ich meinte ja auch …«

»Seit wann hast du denn eine eigene Meinung, Dickerchen?« Sonja Horowitz zeigt ihr gebleichtes, makelloses Gebiss.

Gramlich sieht ein, dass er der Ex-Hauptfrau seines Chefs nicht gewachsen ist, zückt seinen Geldbeutel und streckt Natascha Ginsberg zwei nagelneue Hundert-Euro-Scheine entgegen.

»Mehr habe ich im Moment nicht dabei«, sagt er mit einem Achselzucken und verspricht, morgen noch dreihundert vorbeizubringen. »Ist das okay?«

Natascha Ginsberg wartet Sonja Horowitz' Einverständnis ab, ehe sie das Geld entgegennimmt.

Gramlich steuert noch einmal den Imbiss zur Mittelpromenade an: zwei Bouletten und drei Magenbitter geben ihm den Rest.

32

Strömberg hat die Nacht am Computer verbracht. Draußen tagt es, ein Müllauto rollt lärmend durch die Straße. Ein verfrühter Laubsauger weckt sogar die Ratten in der Kanalisation.

Strömberg trinkt die fünfte Tasse löslichen Kaffees, liest dabei, was er geschrieben hat, sieben Seiten, frei nach der Vorgabe von Zarah L., korrigiert Tippfehler, ersetzt Worte, streicht oder ergänzt, speichert und schreibt an seine Auftraggeberin:

Liebe Zarah L., was Sie mir geschickt haben, hat mich tief beeindruckt und auf wunderbare Weise inspiriert, wobei ich beim Schreiben natürlich auch heftig transpiriert habe (der Kalauer sei ausnahmsweise erlaubt). Angehängt das erste Ergebnis von Inspiration und Transpiration und auf weitere Musenküsse hoffend, Ihr Strömberg

Er duscht heiß und kalt und kriecht unter die Bettdecke, ist gerade am Eindämmern, als das Telefon klingelt.

»Großartig«, hört er Zarah Leanders Stimme.

»Danke, kein Kunststück bei der Vorlage«, antwortet er.

»Wirklich genial. Bin gespannt, wie die Geschichte sich weiter entwickelt.«

»Ich schicke nur noch einen Text«, sagt sie. »Sie können damit anfangen, was sie wollen. Dann werden wir uns nie wieder sprechen.«

»Endgültig?«

»Endgültig.«

»Schade, ich habe gerade angefangen, Sie sympathisch

zu finden und hätte Sie gerne ...«

Zarah L. hat längst aufgelegt. Strömberg hält noch lange das schnurlose Telefon in der Hand, ein Anfall von Weltschmerz kämpft gegen die Müdigkeit und besiegt sie schließlich.

Er kehrt an den PC zurück, arbeitseifrig wie lange nicht mehr, findet eine Nachricht von Zarah Leander: das angekündigte Material, ohne Anschreiben. Wie seltsam, wie traurig.

Strömberg öffnet die Datei, brüht sich einen Kaffee, während der Drucker arbeitet, legt sich in den Liegestuhl auf dem Balkon und lässt sich die Morgensonne auf den Bauch scheinen an diesem Donnerstag im August.

Zweiter Versuch, das Wahre in der Wahrheit zu suchen. Kampf und absurder Tod.

Einer wird von Zweien zu Grabe getragen, das nicht für ihn geschaufelt worden ist. Der Kämpfer ist tot, es lebe der Kampf. Der tote Kämpfer ist bald vergessen. Im Grab liegt bereits ein lebender Verlierer. Oder handelt es sich um einen Scheintoten? Totscheinen, um Leben zu können, tot sein ohne zu sterben, eine Möglichkeit, dem Leben von der Schippe zu springen und den Lebenden ein Schnippchen zu schlagen.

Ein dicker Mann, ein bisschen einfältig, aber gutmütig und ein dünner Mann, jung, ehrgeizig, undurchsichtig haben ihre Arbeit erledigt, nicht zur vollsten Zufriedenheit des Chefs. Der junge Mann muss sterben, nicht weil er schlecht gearbeitet hat, er hat den Chef verraten. Der Judas stirbt freiwillig oder wird getötet. Aber von wem? Vielleicht von einer

Prinzessin, der Wedding-Prinzessin, und der Tod ist nur ein Märchen. Alles ist möglich, das Scheinbare trägt das Kleid der Wahrheit, die Wahrheit wird zum Schein geformt. Nimm dich in Acht vorm Tod, er geht überall umher ... Vielleicht hat die Prinzessin den falschen Prinzen von Herzen geliebt, nun wissen wir nicht, wie die Geschichte endet. Den Frosch küsst eine Kugel. Der Mensch trägt die Last, der er gewachsen ist. Und er will im Glanze leben. Das Kämpfen, das Töten, alles eins, alles Vergeblichkeit. Meine Wut ist hin, mein Herz durchbohrt der Gram ...

Ein Lächeln huscht über Strömbergs Gesicht, den letzten Satz kennt er aus der *Tragödie des Coriolanus*, die Schlussworte, von Aufidius gesprochen, aus welcher, der zahlreichen Fassungen? Von Brecht oder Shakespeare oder gar Plutarch? Es will ihm nicht einfallen.

Viel dringlicher ist es, Zarah Leander zu schreiben, sie umzustimmen, sie zu finden, sie zu gewinnen: das kongeniale Autorenduo des neuen Jahrtausends ... Davon träumt er eine Weile, davon hat er geträumt, seit er beruflich mit dem Schreiben begonnen hat, eine kluge Schreibpartnerin zu finden, mit der er die Literaturwelt aus den Angeln heben könnte, blindes Verstehen, sich gegenseitig die Ideen zuwerfen wie Tischtennisbälle, Arbeit und Leben verschmolzen zu einer Einheit, selbstverständlich gleichberechtigt, in guten wie in schlechten Zeiten.

Liebe Zarah L., nochmals Dank für ihre entzückende Beschreibungen, die Sie bei mir in den allerbesten Händen wissen und die ich nach bestem Wissen und Gewissen vervollständigen werde. Bitte vertrauen Sie mir! Ich werde Ihr offensichtliches Insiderwissen weder verraten noch missbrauchen. Es interessiert mich auch nicht, inwiefern Sie in das Geschehen involviert sind und woher Sie Kenntnis über meine bescheidene Rolle bei dem Fall haben.

Nein, mir geht es einzig um den literarischen Coup, den wir landen werden, wenn allmählich zusammenwächst, was offensichtlich zusammengehört. In diesem Sinne bitte ich Sie, nicht aus meinem Leben abzutauchen. Ganz im Gegenteil.

Ergebenst, Ihr Strömberg

Kaum hat er die Mail versendet, da liegt sie schon wieder in seiner Mail-Kiste: Absender unbekannt; er wagt einen zweiten Versuch der Vergeblichkeit.

33

Anette Schwarz löffelt eine Minestrone aus, ihre Entdeckung in der Brüsseler Straße: Vallei dei Templi, ein freundlicher Sizilianer, preiswert und gut, mal eine Abwechslung zum Café Schadé.

Die Nebel lichten sich an diesem Donnerstag im August, der ein kecker Spätsommertag geworden ist und wolkenlos die große Stadt Berlin bebläut.

Die Nebel lichten sich, und gerade weil auf einmal alles licht und durchsichtig wirkt und Zusammenhänge erkennbar werden, ist Besonnenheit angesagt. Keine voreiligen Festnahmen. Weiterhin mit der gebotenen Sorgfalt Beweise sammeln und Zug um Zug das Spiel mit der Geduld spielen: Marcus Liebenwald, ein Boxer unter Michaleks Fittichen, an Herzversagen gestorben, der Grund, eine Überdosis Pervetin, aber er hätte ebenso seinen inneren Verletzungen erliegen können. Der Herztod ist einfach schneller gewesen.

Dieser Schriftsteller Strömberg hat eindeutig nichts mit Liebenwalds Tod zu tun. Eine zufällige Grabbekanntschaft, eine schräge Geschichte, aber glaubhaft.

Dann wird ein gewisser Kaan in der Kurdenkneipe erschossen. Kaan ist einer von Michaleks Mitarbeitern gewesen, ein Ganove, der bereits mit vierzehn Jahren in der Intensivtäterkartei geführt worden ist: Ladendiebstahl, Handtaschenraub, Drogendelikte. Später hat er scheinbar die Kurve in ein bürgerliches Leben gekriegt, ist dann doch wieder beim Dealen geschnappt und eingebuchtet worden.

Und dieser Kaan hat Liebenwald in das Grab geworfen. Stoffreste, die beim Toten gefunden wurden, stammen jedenfalls eindeutig von diesem Türken. Wer ist der zweite Mann gewesen? Michalek persönlich? Eher unwahrscheinlich. Die Fußspuren, die auf dem Friedhof gefunden wurden, lassen auf einen sehr korpulenten Mann schließen. Michalek hat ein wasserdichtes Alibi, das von mindestens einem Dutzend Personen bestätigt wird. Trotzdem ist dieser windige Boxpromoter nicht aus dem Spiel. Geduld ist der Schlüssel zum Erflog, auch in diesem Fall. Davon ist Anette Schwarz überzeugt.

Die Hauptkommissarin bestellt einen Espresso und bittet um die Rechnung.

»Einen Grappa aufs Haus?«, fragt der kleine, rundliche Wirt und reibt seine Hände.

»Si Senior«, antwortet Anette Schwarz. »Ich muss gleich zu einer Beerdigung. Da kann ich eine kleine alkoholische Stärkung gebrauchen.«

»Ein Verwandter?«, fragt der Wirt.

»Nein.«

»Der Herr gibt es, der Herr nimmt es«, sagt der kleine Sizilianer und verschwindet seufzend hinter dem Tresen.

34

Werner Gramlich schwitzt, als er dem Chef gegenüber sitzt, unbedeutend und unbeachtet, so scheint es. Michalek telefoniert, bellt Kommandos, beschimpft und schleimt, wenn anscheinend ein Mensch von der Presse am Apparat ist. Kaum ist ein Gespräch beendet, klingelt es erneut.

Er hat alle Hände voll zu tun, so kurz vor dem Weltmeisterschaftsfight, eine saubere Geschichte: das seriöse Aushängeschild der ELMI BOXPROMOTION.

Die Blutkämpfe für ein handverlesenes Publikum erträgt Gramlich nicht. Jeder Treffer trifft auch ihn und verursacht Schmerzen in den Hoden. Er vermeidet es daher, wann immer es geht, sich die Prügeleien anzusehen.

»Und nun zu dir«, sagt Michalek und kritzelt etwas in seinen Tischkalender. »Du bist gefeuert!«

»Aber wieso denn?«, stammelt Werner Gramlich, der eigentlich nichts anderes erwartet hat.

»Die blödest Frage, die ich seit langem gehört habe«, sagt Michalek und lacht höhnisch. »Du schaffst es ja nicht einmal mehr, dieser Tussi Angst einzujagen. Es ist ja wohl eher umgekehrt und dir geht der Arsch auf Grundeis, wenn die Tussi den Mund aufmacht. Tut mir leid, für dich habe ich keine Verwendung mehr. Damit du siehst, dass ich kein Unmensch bin, zahle ich dir zwei Monate Gehalt. Ein reines Entgegenkommen von mir.«

Gramlich ist ja nicht auf den Kopf gefallen. Er weiß nur zu gut, dass er verloren hat. Obwohl, einen Joker hat er noch im Ärmel stecken. Ausspielen oder zu einem günstigeren Zeitpunkt einsetzen? Eventuell riskiert er dann, dass sein Joker keinen Erfolg bringt. Was ist sein Wissen wirklich wert? Der Chef würde es dankbar entgegennehmen und es trotzdem bei der fristlosen Kündigung belassen.

»Was ich noch sagen wollte«, fängt Gramlich an und lockert seinen Krawattenknoten.

Michalek telefoniert wieder lautstark und hebt abwehrend die linke Hand. Gramlich wartet mit dem Gleichmut eines Mannes, der nichts mehr zu verlieren hat. Endlich kommt er zum Zuge: »Was ich noch sagen wollte, Chef …«

»Geschenkt«, sagt Gramlich und deutet zum Ausgang. »Spar dir die Worte. Es bleibt bei meinem Entschluss.«

»Sonja Horowitz«, stößt Gramlich hervor.

»Die rote Pest«, spottet Michalek und schlägt sich vor Vergnügen auf die Oberschenkel. »Was ist mit der Schlampe? Kriecht sie jetzt unter deine Bettdecke?« Er unterstreicht seine Worte mit einer obszönen Handbewegung.

»Nein«, sagt Gramlich und errötet wie ein beim Lügen ertapptes Kind. »Natürlich nicht. Als ich bei dieser Ginsberg war, da habe ich Sonja gesehen. In der Wohnung der Ginsberg …«

Ein Wirkungstreffer. Gramlich bemerkt es mit einer gewissen Befriedigung. Michalek spielt nervös mit seiner Goldkette.

»Wenn diese Tussi glaubt, sie könnte mich reinlegen …«

Er vollendet den Satz nicht. Gramlich hat keine Ahnung, ob der Chef nun Natascha Ginsberg oder seine Ex-Hauptfrau meint. Für ihn sind alle Frauen Tussis.

»Du kannst verschwinden«, sagt Michalek. »Eine letzte Chance gebe ich dir noch. Finde heraus, was die Horowitz mit der Ginsberg zu tun hat.«

Michalek verspricht es, hoch und heilig sogar, obwohl er sich wieder nach seinem Bett sehnt. Seine Magenbeschwerden sind auch nicht besser geworden. Jeder Hund in Berlin lebt besser. Er ist es wirklich leid. Während er die Türklinke drückt, bedauert er, dass Kaan über den Jordan gegangen ist. Vielleicht wären er und der Kurde doch gute Geschäftspartner geworden.

Michalek pfeift ihn zurück. Werner Gramlich zuckt zusammen.

»Hätte ich fast vergessen«, sagt der Chef. »Heute wird der Liebenwald beerdigt. Auf dem Friedhof in der Müllerstraße Ecke Seestraße. Du vertrittst dort die Firma. Ich habe keine Zeit. Beim Friedhofsgärtner liegt ein Kranz bereit. Keine Angst, du musst keine Reden halten. Einfach hingehen, kummervoll gucken und den Kranz niederlegen. Du schaffst das schon.«

35

Strömberg hat den Vormittag verschlafen. Heißhunger auf Marzipan-Croissants treibt ihn an diesem Donnerstag im August zu Herrn Singh.

»Alles klar?«, fragt der kleine Inder und greift im Regal nach Strömbergs Zigarettenmarke.

»Heute nicht«, wehrt Strömberg ab. »Nur zwei Marzipan-Croissants.«

»Wer gewinnt?«, fragt Herr Singh und greift mit der Zange nach dem Gebäck, das in einer beleuchteten Glasvitrine liegt.

»Keine Ahnung«, sagt Strömberg. »Ich neige dazu, mich auf die Seite der Verlierer zu schlagen, weil ich …«

»Ich wette auf den Türken«, sagt Herr Singh.

»Ach so, der Boxkampf«, erinnert sich Strömberg und muss an Michalek denken, der sich nicht mehr gemeldet hat. Er zahlt und nimmt die Tüte und einen Ratschlag entgegen.

»Wenn du leicht Geld verdienen willst, dann setz' auf den Türken«, sagt Herr Singh. »Du wirst es nicht bereuen.«

Strömberg will es sich überlegen. Er steuert den Friedhof in der Seestraße an, will dort in Ruhe essen, die Gedanken fließen lassen, vielleicht das eine oder andere gute Gespräch mit einem Toten führen. Sie sind dankbar für jeden Besuch.

36

Werner Gramlich betrachtet lange die goldene Schrift auf der weißen Schleife: *Ruhe in Frieden. Elmi und Freunde.*

Schlicht und verlogen, aber was kümmert es ihn, nirgends wird mehr gelogen als auf Beerdigungen. Der Kranz hat die Größe eines Wagenrades. Gramlich hängt ihn über die Schulter, nimmt ihn ab, als er auf dem Weg zur Trauerhalle einer Frau begegnet, die er schon einmal irgendwo gesehen hat. Andererseits laufen in Berlin eine Menge Frauen mit kurzen schwarzen Haaren und roten Strähnen herum. Röhrenjeans und Motorradlederjacken sind ebenfalls keine Besonderheit.

Hat die Frau ihn nicht etwas länger als gewöhnlich angesehen? Keine Frau sieht ihn länger als gewöhnlich an, falls er überhaupt wahrgenommen wird. Er setzt sich auf eine Bank, legt den Kranz zu seinen Füßen und raucht eine Zigarette.

37

Anette Schwarz verspricht sich nicht viel von der Bestattung, ein Festival der Lügen, wie sie es tausendfach erlebt hat. Lobeshymnen bis zum Abwinken, wie sie sich kein Schriftsteller ausdenken könnte.

Sie zieht die Lederjacke aus und hängt sie sich über die Schultern, hätte auch gerne die neuen Schuhe abgestreift, die sie sich ohne Grund gekauft hat, dabei gehört sie nicht zu den Frauen, die ihre Schränke mit Schuhen füllen, zwei bis drei Paar hält sie für ausreichend.

Sie hat auf einmal Lust auf einen zweiten Grappa und beschließt, zukünftig ihre Mittags- und Selbstbesinnungspause bei dem Sizilianer in der Brüsseler Straße zu verbringen.

Wenige Meter vor der Trauerhalle wird sie auf einen dicken Mann aufmerksam, der einen Kranz geschultert hat, ein Allerweltstyp, wenn er nicht so fett wäre. Woher kennt sie nur das Gesicht?

38

Auf der Straße vergeht Strömberg der Appetit auf Marzipan-Croissants, hungergierig nun auf Hatuns Donauwellen, legt er die Tüte einfach auf einem Stromverteilerkasten ab.

»Selam«, grüßt er auf Türkisch und zaubert Hatun ein Lächeln ins Gesicht.

»Merhaba«, sagt sie. »Du bist guter Laune. Bist du verliebt?«

»Alles wie immer«, sagt Strömberg.

»Immer noch diese Anna? Sie hat dich nicht verdient. Sie macht dich nur krank.«

»Sie ist meine längste Geschichte«, sagt Strömberg. »Eine Geschichte, die niemals gut ausgehen wird.«

»Vergiss die Geschichte«, sagt Hatun. »Schreib' wieder Gedichte. Du bist ein großer Dichter, viel bedeutender als mein Onkel Achmed in Anatolien.«

»Es ist schwer, einen Dichter zu lieben«, sagt Strömberg.

Auf dem Friedhof sucht er sich einen schattigen Platz und schlingt die Donauwellen hinunter. Er wäscht die schokoladenbeschmierten Hände in einem Wasserkübel, hält den Kopf kurz unter den Hahn, trocknet Hände und Gesicht mit Papiertaschentüchern, setzt sich auf die nächstgelegene Bank, holt das korallenrote Notizbuch und einen Kugelschreiber aus der Jacke hervor und wünscht sich ein Gedankengewitter mit vielen blitzgescheiten Ideen und donnernden Geistesfunken.

Ob er sich wirklich auf den windigen Boxpromoter verlassen kann, ist mehr als fraglich. Zarah L. hat sich von ihm verabschiedet, immerhin mit einer Hinterlassenschaft, aus der er eventuell einen Kriminalroman zaubern kann. *Plot entwickeln, Schauplätze festlegen, Charaktere beschreiben, Kapitel einteilen,* notiert er und entwirft dazu einen Vierwochenplan, kürzt ihn um zwei Wochen, will nach drei Wochen die ersten zwanzig bis dreißig Seiten geschrieben haben und weiß genau, dass er auch diesen Plan nicht erfüllen wird. Aber er liebt seine Plan- und Zettelwirtschaft.

Bei absehbarer Nichterfüllung erhöht er einfach die Norm, ohne sie auch nur im Entferntesten zu erreichen. Schafft er doch einmal sein Pensum in dem Zeitraum, den er sich gesetzt hat, dann steigert er ebenfalls die Norm in euphorischer Selbstüberschätzung. Seine private sozialistische Planwirtschaft funktioniert, weil er nach seinem Prinzip geplanter und grenzenloser Flexibilität wirtschaftet.

»Pardon!« Strömberg weicht einen halben Schritt zurück. Er ist in eine Trauergesellschaft geplatzt, hat einen übergewichtigen Mann angerempelt, murmelte eine zweite Entschuldigung und will rasch abdrehen, als der Dicke ihn überlaut anspricht.

»Oh, der Schriftsteller, freut mich sehr. Die Schau hier ist so gut wie vorbei. Wenn Sie wollen, auf ein Glas mit ihrem Freund, wie heißt er doch gleich, ach ja, dieser Pinot Sowieso …«

»Herr Gramlich«, sagt Strömberg und gibt sich überrascht.

Die Trauergäste drehen sich um. Strömberg zieht das Genick ein.

»Herr Gramlich«, sagt Strömberg im Flüsterton. »Mein aufrichtiges Beileid.«

»Nicht nötig«, sagt Gramlich und stößt ein wieherndes Lachen aus.

»Über die Toten nur Gutes«, sagt Strömberg und hebt die Hand zum Gruß. Nur weg aus dieser Peinlichkeit, fast gerät er ins Rennen.

Wenig später ruft jemand seinen Namen, eine halbwegs vertraute Frauenstimme. Strömberg dreht eine Pirouette.

Anette Schwarz streckt den rechten Zeigefinger in die Luft, als prüfe sie die Windrichtung.

»Hallo«, ruft Strömberg ihr entgegen.

Die schwarzen Stiefeletten fallen ihm ins Auge, neu und glänzend und durchaus seinem Schuhgeschmack entsprechend. Er streckt der Hauptkommissarin die Hand entgegen, die sie ausschlägt, möchte eine Artigkeit wegen der Schuhe loswerden, befürchtet aber, den falschen Ton anzuschlagen. Nicht auszuschließen, dass sie gerade einen engen Verwandten, Freund oder Kollegen zu Grabe getragen hat.

»Woher wissen Sie von der Beerdigung?«, fragt sie.

»Die Toten wollen besucht werden«, sagt Strömberg. »Ich besuche sie mindestens einmal in der Woche und spreche ihnen Mut zu, sie ermutigen mich.«

Er entlockte ihr nicht einmal ein mitleidiges Grinsen.

»Der junge Mann, mit dem sie das Grab geteilt haben, wurde beerdigt«, sagt sie.

»Haben Sie den Mörder? Ist er unter den Trauernden gewesen?«

»Sie sind ein wahrer Witzbold«, sagt sie und schaut melancholisch zum Himmel über Berlin.

»Ich habe so viel Liebe in mir«, sagt er.

»Gut, gut«, sagt Anette Schwarz.

»Niemand möchte sie haben«, fährt Strömberg fort. »Verzeihen Sie, ich rede Unsinn.«

Er ist versucht, Anette Schwarz von Zarah Leander zu erzählen, von der großen Unbekannten, mit deren Informationen er bei der spröden Polizistin gewiss Punkte sammeln könnte.

»Zarah Leander«, fängt er an. »Sie werden es mir nicht glauben ...«

»Der Dicke«, sagt die Hauptkommissarin. »Verdammt, jetzt fällt es mir wieder ein.« Sie lässt Strömberg allein mit seiner Liebe im Überfluss und eilt im Laufschritt zu den verbliebenen Trauergästen.

39

Gramlich bedauert es, dass der Schriftsteller gegangen ist, gerne erinnert er sich an den Abend im Schadé, ein nettes Geplauder zweier Herrn im reiferen Alter. Für einen Schriftsteller ist dieser Strömberg kein bisschen überheblich. Ein feiner Mensch, den er gerne zum Freund gehabt hätte. Ein feinfühliger Zuhörer, dem er fast sein Erlebnis in der Kurdenkaschemme gebeichtet hätte. Aber auch der Mann, der in dieser verflixten Nacht auf dem Dorotheenstädtischen Friedhof in einem Grab geschlafen hat. Das behauptet jedenfalls der Chef. Er weiß es aus sicherer Quelle: eine polizeiliche Schreibkraft, Michalek auf irgendeine Weise verbunden, Geld spielt natürlich auch eine Rolle.

»Wir kennen uns.«

Anette Schwarz hält dem verdutzten Gramlich ihren Dienstausweis unter die Nase.

»Ich habe Sie in der Friedrichstraße zu dem Dönerladen geführt. Es ging Ihnen damals offenbar nicht besonders gut. Ich hoffe, es geht Ihnen heute besser.«

»Das kann man so nicht sagen«, meint Werner Gramlich und denkt an seine Magenbeschwerden, die nicht besser geworden sind. Auch die Müdigkeit weicht nicht von ihm, selbst wenn er acht Stunden am Stück geschlafen hat. Aber interessiert das die hübsche Polizistin?

»In welcher Beziehung stehen Sie, ich meine, standen Sie zu Marcus Liebenwald?«

»In keiner Beziehung«, sagt Gramlich. »Ich bin doch nicht schwul. Noch niemals in meinem Leben habe ich mit einem Mann eine Beziehung gehabt. Was denken Sie denn von mir?«

»Gut, gut«, sagt Anette Schwarz gelangweilt. »Woher kannten Sie Marcus Liebenwald?«

»Kennen ist zu viel gesagt«, antwortet Gramlich. »Eigentlich habe ich ihn überhaupt nicht gekannt. Ich meine, nur namentlich habe ich ihn gekannt.«

»Hören Sie, wir können unser Gespräch auch in meinem Büro fortsetzen«, schnaubt die Hauptkommissarin.

Gramlich erkennt, dass sie keine leere Drohung ausgestoßen hatte. Er hat keine Lust, ein Aktenzeichen zu werden.

»Frau Hauptkommissarin«, sagt er in einem Schmeichelton. »Ich schwöre, ich habe den Liebenwald wirklich nicht gekannt. Also das ist so, der Liebenwald ist doch Boxer gewesen, das wissen Sie ja selbst, Elmar Michalek, Boxpromoter, WM-Kampf am Sonnabend, ich könnte Ihnen eine Karte besorgen, also wenn Sie es genau wissen wollen, Michalek ist mein Chef. Ich bin Fahrer und sozusagen Mädchen für alles, na ja, natürlich nicht für alles, schon gar nicht für Sachen, die nicht gesetzlich sind, wenn Sie verstehen, was ich meine. Also ich habe nur den Chef bei der Beerdigung vertreten, mehr nicht, ich schwöre …«

»Fahrer?«, hakt Anette Schwarz nach. »Transportieren Sie auch hin und wieder Leichen?«

Gramlichs Nase beginnt zu laufen. Wogegen ist er auf einmal allergisch? Oder hat er sich eine Erkältung eingefangen? Er sucht in allen Hosentaschen nach einem

Papiertaschentuch, vergeblich. Die Polizistin hilft ihm aus der Patsche, wartet, bis er sich die Nase geschnäuzt hat, und wiederholt die Frage.

»Ach, ich dachte, das wäre eine Scherzfrage gewesen?«, versuchte Gramlich Zeit zu gewinnen.

»Haben Sie auch mit Kaan zusammengearbeitet?«, stellt Anette Schwarz eine Frage, die Gramlich noch mehr verwirrt.

»Ich kenne keinen Kaan«, lügt Gramlich und putzt sich wieder die Nase. Das benutzte Taschentuch behält er in der Hand.

»Kaan Göklan«, klärt Anette Schwarz ihn auf. »Der hat, ich meine hatte doch auch für Michalek gearbeitet …«

»Ja, klar, Kaan Göklan …«

»Ich erwarte Sie morgen um neun Uhr in meinem Büro«, sagt die Hauptkommissarin und reicht Werner Gramlich ihre Visitenkarte.

40

Anette Schwarz reißt im Flur die Stiefeletten von den Füßen und schleudert sie vor die Tür zum Schlafzimmer. Dann lässt sie heißes Wasser in die Badewanne laufen, schüttet eine halbe Flasche Vanille-Kokos-Badeöl hinzu, drapiert die Umrandung der Badewanne mit Teelichtern, zündet sie alle an und schiebt eine CD von Klaus Hoffmann ein: *…ich hab heut Nacht geträumt/von einem Kind, das sucht und streunt/in den Straßen von Berlin …*

Tränen, der Einsamkeit geschuldet, ein paar Tränen, von denen niemand was weiß, niemand wissen darf, eigentlich kann sie zufrieden sein mit dem Tag: bei der Beerdigung hat sie neue Erkenntnisse gewonnen. Morgen wird sie den Dicken in die Zange nehmen. Er wird erst alles abstreiten und sich schließlich um Kopf und Kragen reden. Sie kennt diese Typen, Ganoven mit weichem Herz sind immer redefreudig, wenn sie das Gefühl haben, dass ihnen einmal jemand zuhört. Gramlich wird reden. Möglicherweise bringt seine Aussage das entscheidende Puzzleteil, um den Fall aufzuklären, zwei Fälle wahrscheinlich, denn der Dicke wird auch sein Wissen über Kaans Tod preisgeben. Und dann wird sie den janusköpfigen Boxpromoter festnehmen.

Komm, blauer Mond/leg dein Licht noch mal in meine Hände …

Rotz und Tränen, ein Schluchzen, das die Musik übertönt. Sie taucht den Kopf unter das Wasser, taucht wieder auf, taucht unter, taucht auf … wie im richtigen Leben.

41

Gramlich verflucht den Tag, an dem er geboren wurde, während er unter der Dusche steht und sich mit einem billigen Duschbad von ALDI einseift. Das Pech, das seit geraumer Zeit an ihm klebt, ist nicht abzuwaschen, niemals mehr. Die Kommissarin weiß Bescheid, alles weiß die und was ihr noch an Wissen fehlt, wird sie mühelos aus ihm herausquetschen. Vielleicht ist es sowieso am Klügsten, wenn er auspackt. Er hat ja nichts verbrochen, nichts, wofür er in den Knast kommen könnte: das illegale Entsorgen einer Leiche, mehr nicht, okay, das Vertuschen einer Straftat, unterlassene Hilfeleistung vielleicht auch, Pipifax ...

Er hüllt sich in ein grünes Badetuch, trinkt in zwei Zügen einen Liter Orangensaft, legt sich auf die Couch und döst vor sich hin. Das Handy hindert ihn daran einzuschlafen.

»Hallo, Chef, ich wollte mich gerade bei dir melden«, sagt Gramlich.

»Wo steckst du?«

»Ich bin auf dem Weg zur Ginsberg.«

»Gab es Probleme bei der Beerdigung?«

»Nein, keine Probleme.«

»Bullen?«

Gramlich zögert – zu lange, um noch eine glaubhafte Antwort geben zu können.

»Eine Bulette«, sagt er. Was witzig klingen soll, hört sich weinerlich an.

»Schwarze Haare, rote Strähne?«

»Exakt.« Gramlich reißt sich das Badetuch vom Leib und starrt auf seinen eingeschrumpelten Penis. »Und?«

»Sie hat sich mit mir unterhalten«, gesteht Gramlich. »Nichts von Bedeutung.«

»Das heißt?«

»Ich muss morgen bei ihr antanzen.«

»Idiot!«

Gramlich feuert das Handy auf die Couch, findet im Kühlschrank eine Packung Fleischsalat, das übliche Frustessen, auf diese Weise hat er sich schon als Kind die Pfunde angefressen. Das Essen ist gut zu ihm.

42

Land in Sicht, singt der Wind in mein Herz./Die lange Reise ist vorbei./Morgenlicht weckt meine Seele auf./ Ich lebe wieder und bin frei ...

Strömberg dreht Rio Reiser auf volle Lautstärke. An diesem Freitag im August fühlt er sich unbesiegbar, angesteckt von einem eigentümlichen Glücksvirus unbekannter Herkunft. Gleich darauf hat er wirklich Grund, glücklich zu sein. Seine Steuerberaterin teilt ihm telefonisch mit, dass sie eine steuerbehördliche Forderung ins Gegenteil umkehren konnte.

»Jetzt schuldet der Fiskus Ihnen dreihundertvierundzwanzig Euro und siebzehn Cent«, sagt Maike Scholz.

»Das ist ja großartig«, sagt Strömberg und bedankt sich artig.

Ein richtiger Glückstreffer, auch wenn ihm davon nur knapp dreißig Euro bleiben werden, denn Frau Scholz hat ihm bislang großmütig das Honorar gestundet. Höchste Zeit, dass sie für ihre vorzügliche Arbeit entlohnt wird.

Er setzt sich an den Computer und arbeitet nach Plan, versuchsweise jedenfalls. Zarah L. geistert durch seinen Kopf. Er macht sich ein Bild von ihr: klein, pummelig oder groß und spinnfadendünn oder weder das eine noch das andere, ledig, getrennt lebend, alleinerziehend, verheiratet, Michaleks geschiedene Frau oder ...

Von Anette Schwarz hat er ein Bild, ein äußeres, das ihm gefällt, gerne würde er ihr menschlich näher kommen. Welch eine Anmaßung. Sicher weiß sie streng zwischen

Dienst ist Dienst und Liebe ist Privatsache zu unterscheiden.

Er ist ein Wissender, der wissentlich Beweismaterial zurückhält. Wozu? Um Zarah L. zu schützen? Sich selbst? Oder aus purer Eitelkeit, weil er auch einmal einen Zipfel Macht in Form von ein paar bedruckten Seiten in den Händen halten will? *Macht haben, sie aber nicht ausnutzen, das ist Macht,* fällt ihm eine fernöstliche Weisheit ein. Gegen wen auch hätte er seine kümmerliche Macht verwenden können? Unnützes Wissen.

Von allem etwas, von allem zu wenig, mehr, viel mehr wäre, wenn er herausfände, wer die Frau mit der markanten Stimme ist. Zur eigenen Befriedigung? Um Anette Schwarz zu imponieren?

43

»Meine Fresse!«

Werner Gramlich hat sich gerade eine Krawatte umgebunden, schwarzrot gestreift, als es an der Tür klingelt. Wer besucht ihn um diese Zeit? Eigentlich bekommt er niemals Besuch. Jemand aus der Nachbarschaft? Er grüßt, wenn er jemanden im Treppenhaus trifft. Mehr nicht. Der Postbote? Ausgeschlossen, er bekommt seine Post, meistens ist es nur Reklame, erst am frühen Nachmittag.

Gramlich richtet den Krawattenknoten, zieht das taubenblaue Jackett über und stampft zur Tür, nimmt die Sicherheitskette aus der Halterung und öffnet.

»Meine Fresse!«

Ein schallgedämpfter Schuss trifft ihn mitten ins Herz.

44

Anette Schwarz nippt an der Kaffeetasse, die dunkelbraune Brühe ist kalt geworden, während sie die Ergebnisse für den aktuellen Bundesligaspieltag getippt hat: Ob die Bayern erneut schwächeln werden? Dem Hamburger Sportverein traut sie einen knappen Sieg in der eigenen Arena zu. Das Revierderby zwischen Schalke und Dortmund dagegen ist nach allen Seiten offen wie die Hauptstadt. Gefühlsmäßig entscheidet sie sich für die Schwarzgelben, weil sie grundsätzlich keine Unentschieden mag. Verlieren oder gewinnen, so sieht sie es auch in ihrem Beruf. Jede Niederlage ist eine persönliche. Dagegen kann sie nicht an.

Sie holt einen Schokoriegel aus der untersten Schreibtischschublade und freut sich auf Spaghetti Carbonara nachher beim Sizilianer. Sie beißt ein Stück ab, wirft den Rest in den Papierkorb.

Dieser Gramlich ist seit einer Viertelstunde überfällig. Dabei hätte sie darauf gewettet, dass der Dicke pünktlich antanzen würde. Aber der soll sie kennen lernen, wenn er sie reinlegen will, muss er früher aufstehen.

Ihr Diensttelefon läutet, ein Anruf, mit dem sie nicht gerechnet hätte.

»Wie geht es Ihnen?«, fragt Strömberg.

»Gut, gut«, antwortet sie und verzieht das Gesicht. »Deshalb rufen Sie ja wohl nicht an, oder?«

»Natürlich nicht«, sagt Strömberg. »Ich muss Ihnen etwas mitteilen, was eventuell zur Aufklärung des Falles beitragen könnte.«

»Ich höre.«

»Eine eigenartige Begegnung mit einer Frau …«

»Ihre Frauengeschichten interessieren mich nicht, Herr Strömberg.«

»Diese vielleicht doch«, beharrt Strömberg. Er will der Kommissarin imponieren, ihr beweisen, dass er auch etwas zur Aufklärung des Falles beitragen kann.

»Ich höre …«

Strömberg erzählt die Geschichte in knappen Sätzen, vergisst auch den Ausgangspunkt nicht und das vorläufige Ende.

»Wenn das wahr ist«, sagt Anette Schwarz.

»Darf ich mir eine Belohnung wünschen«, ergänzt Strömberg.

»Was denn zu Beispiel?«, fragt die Hauptkommissarin.

»Ein Abendessen mit der schönsten und klügsten Polizistin, die ich kenne«, sagt Strömberg.

»Wie wäre es mit einem Mittagessen in etwa zwei Stunden?«

»Anscheinend werden nicht nur die kleinen Sünden auf der Stelle bestraft, auch die kleinen Wohltaten werden umgehend belohnt. Eine neue Erfahrung für mich.« Strömberg nimmt Straße und Name des Restaurants entgegen und verspricht, auf die Sekunde pünktlich zu sein.

»Das kann ich nicht versprechen«, sagt Anette Schwarz und legt auf.

Der Dicke wird nicht mehr kommen. Die Hauptkommissarin telefoniert und delegiert. Gramlichs Adresse, ein

Kinderspiel, zwei Kollegen sollen ihn umgehend in die Keithstraße bringen.

Unterdessen beschäftigt Anette Schwarz sich mit Strömbergs Informationen. Sicher, der Schriftsteller gehört zu den schrulligen Zeitgenossen, aber zu den Wichtigtuern rechnet sie ihn nicht.

Zarah Leander gleich Natascha Ginsberg? Das würde Ginsbergs Zurückhaltung und überhaupt ihr seltsames Verhalten erklären. Sie starrt auf die Mail-Adresse, die Strömberg ihr genannt hat: ZarahLeander@redsun.de, über den Provider lässt sich bestimmt die wahre Identität herausfinden …

45

Strömberg überquert die Müllerstraße an der Kreuzung Seestraße, ein paar Schritte noch ... Ab und zu setzt er zu einem Luftsprung an oder wirft einer wildfremden Person einen Handkuss zu und erntet Gelächter: ein komischer Mann, der bei diesen sommerlichen Temperaturen zu dick angezogen ist: schwarzer Cordanzug, schwarzes Baumwollhemd, dick aufgetragen auch das billige Rasierwasser, mit dem er der Hauptkommissarin beeindrucken will.

Vallei dei Templi, eine angenehme, familiäre Atmosphäre. Strömberg bestellt Pinot Grigio, trinkt und wartet. Das Beweismaterial hat er in seine grüne Umhängetasche gepackt. Er muss nicht lange allein trinken, höchstens eine Viertelstunde, dann tritt ihm eine heitere Polizistin entgegen, die ihn per Handschlag begrüßt, auch Pinot Grigio und Mineralwasser bestellt und sich bei ihm bedankt.

»Sie haben mir sehr geholfen«, sagt Anette Schwarz. »Ich weiß nun, wer Zarah Leander ist.«

»Wer?« Strömberg verschluckt sich.

»Tut mir leid, darüber darf ich keine Auskunft geben«, antwortet die Hauptkommissarin spröde.

»Sie werden verstehen, dass ich ein besonderes Interesse an dieser Frau habe«, sagt Strömberg. »Sie ist immerhin meine Auftraggeberin und ohne mich ...«

»Geschenkt«, sagt Anette Schwarz und überfliegt die Karte.

Strömberg überreicht ihr mit großer Geste seine Unterlagen. »Falls Sie noch Interesse haben ...«

»Gut, gut«, sagt die Polizistin und legt die Blätter achtlos zur Seite. »Jetzt habe ich Hunger. Wie wäre es mit Lachs? Sie sind eingeladen.«

»Sehr gerne«, sagt Strömberg.

Die Hauptkommissarin fragt ihn aus: »Wie viele Bücher haben Sie geschrieben? Wie lebt es sich als Schriftsteller? Warum wohnen Sie ausgerechnet im Wedding? Was war ihr erfolgreichstes Buch?«

Fragen, wie er sie von Schülern kennt. Er antwortet emotionslos.

»Und Sie, sind Sie glücklich mit ihrem Beruf? Macht es Spaß, Verbrecher zu fangen? Ich trage mich nämlich mit dem Gedanken, einen Kriminalroman zu schreiben. Zarah Leander …«

Anette Schwarz zieht ihr Handy aus der Lederjacke und haucht ein »Ja?« in die Sprechmuschel. Gleich darauf ist das Mittagsmahl beendet. Strömberg bleibt mit zwei Portionen Lachs und der Rechnung zurück.

»Ein Mord?«, ruft Strömberg durchs ganze Lokal.

»Der Dicke …«

46

Als Anette Schwarz am Tatort eintrifft, haben die Kollegen bereits ihre Arbeit getan. Todeszeitpunkt und Todesursache sind exakt bestimmt. Gramlich muss den Täter gekannt haben. Warum sonst hat er ihm die Tür geöffnet, eine Tür, die immerhin über einen Spion verfügt.

Niemand der Nachbarn will etwas gesehen oder gehört haben.

Anette Schwarz zermartert sich den Kopf. Hätte sie Gramlichs Tod verhindern können?

Hinter einer losen Kachel in der Dusche haben die Spurensucher ein schwarzes Notizbuch gefunden.

47

Strömberg tänzelt über die Müllerstraße, der schwerelose Eintänzer der langen Nacht des Boxens, eine rote Nelke im Knopfloch, beschlipst und vorfreudenbeschwipst, als ein Junge ihn anspricht: er habe gerade eine Katze gestreichelt. Früher sei er Tierquäler gewesen, aber das habe er sich abgewöhnt.

»Sehr lobenswert«, sagt Strömberg und fängt sich ein Taxi.

Er erklärt dem Chauffeur, dessen majestätischer Turban an einen Maharadscha erinnert, die Fahrtroute, gibt zu viel Trinkgeld, als sie nach wenigen Irrwegen das Ziel erreicht haben.

Der Innenhof der stillgelegten Fabrik in der Nordbahnstraße ist zugeparkt mit Autos: Sportwagen italienischer Bauart und deutsche Wertarbeit aus dem Schwabenland. Breitschultrige Männer, die zerknitterte dunkelblaue Anzüge tragen, bewachen den Reichtum unauffällig auffällig.

Strömberg läuft zum Eingang, hält einer jungen Brünetten seine Eintrittskarte unter die Nase, lässt sich ohne Widerrede von einem narbengesichtigen Giftzwerg abtasten und sitzt dann erst einmal allein in der ersten Reihe. Die Halle ist mit viel Glitzerkram geschmückt: silbrige und goldene Girlanden und solche in den Landesfarben der Hauptkämpfer, als würde gleich ein überdimensionaler Kindergeburtstag oder eine Karnevalssitzung stattfinden.

»Alles in Ordnung?«

Strömberg spürt eine Pranke auf seiner Schulter und blickt eingeschüchtert zu Michalek, der als Verkleidung einen roten Smoking und eine rosafarbene Fliege trägt. Die Augen sind hinter einer Spiegelglasbrille versteckt.

»Ich habe Sie nicht vergessen«, sagt Michalek. »Wenn es wieder ruhiger geworden ist, legen wir los. Versprochen.«

»Mein Beileid«, sagt Strömberg.

»The show must go on«, sagt Michalek. Schon umarmt er ein paar Meter weiter einen grauhaarigen Herrn, der auf wackligen Beinen steht, knutscht eine Blondine, begrüßt auf Französisch einen langhaarigen Mann mit auffallend roten Apfelbäckchen und ebenso herzlich eine Frau, die in einem dunkelblauen Kostüm daherkommt: Maike Scholz. Strömberg macht sich bemerkbar. Die Steuerberaterin geht lächelnd auf ihn zu.

»Geht es Ihnen gut?«, fragt sie.

»Bestens«, antwortet Strömberg.

»Herr Michalek ist mein Mandant«, sagt sie, und es klingt wie eine Entschuldigung.

»Wir müssen alle sehen, wo wir bleiben«, sagt Strömberg.

»Wie wahr, wie wahr«, sagt sie und wünscht ihm einen spannenden Abend.

Strömberg starrt auf den Ring, auch wenn es nichts zu sehen gibt: Eine quadratische Leere, die von vier Seilen umspannt ist. Er ist müde, fast dabei einzunicken, als er wieder eine Hand auf der Schulter spürt, ein weicher Druck.

»Hast du schon gewettet?«, fragt Herr Singh und nimmt neben ihm Platz.

»Ich bin ein armer Schriftsteller«, sagt Strömberg. »Ich habe kein Geld zu verschenken.«

Herr Singh führt ihn aus der Halle, einen langen Gang entlang, wo sich vor der letzten Tür links eine Schlange gebildet hat. Drinnen kann man an drei Schaltern wetten. Strömberg setzt fünfzig Euro auf Hatuns Bruder und könnte darauf wetten, dass er sein Geld niemals wiedersehen wird.

Herr Singh muss pinkeln, Strömberg kehrt auf seinen Platz zurück. Ring frei für den ersten Vorkampf: zwei glatzköpfige Zwei-Meter-Boxer, schwabbelige Übergewichte, die sich ständig in den Armen liegen und eine Art Schiebetanz vollführen. Ab und zu reicht es dem schmächtigen Ringrichter. Dann trennt er mit viel Mühe die Riesen, die sich uneinsichtig zeigen und sich nach dem Trennkommando sofort wieder umarmen. Eine echte Lachnummer, die niemanden begeistert, aber die ungefähr dreihundert Plätze sind ohnehin erst zur Hälfte besetzt, überwiegend von Türken, die schon im Voraus ihren Landsmann feiern und türkische Fahnen schwenken.

Es folgen weitere Faustkämpfe von ähnlich dürftigem Niveau. Strömberg schaut gelangweilt zur Decke, unter einem ehrlichen Boxkampf hat er sich etwas anderes vorgestellt. Erst als er ein paar Reihen hinter sich die Hauptkommissarin erkennt, lebt er wieder auf, keineswegs erstaunt, sie hier zu sehen, schließlich führen viele Spuren zu dem smarten Boxpromoter.

Strömberg winkt wie ein Ertrinkender. Anette Schwarz bemerkt ihn nicht oder übersieht absichtlich seine Signale bevorstehender Verzweiflung.

»Verzeihung, schön Sie zu sehen.« Er versucht eine Verbeugung, die zu einem hüftsteifen Diener missrät. »Rot steht Ihnen ausgezeichnet.«

»Danke«, murmelt sie und scheint wenig erfreut darüber zu sein, von Strömberg angesprochen zu werden.

»Rot signalisiert Aktivität«, fährt Strömberg unbekümmert fort.

»Hören Sie, es ist nur ein Kleid«, entgegnet sie ungehalten.

»Sind Sie privat oder dienstlich unterwegs?«

»Was geht Sie das an?«

»Dafür, dass ich sozusagen als Kronzeuge mein Leben riskiere, behandeln Sie mich recht schroff.« Strömberg zieht einen Schmollmund und bringt die Hauptkommissarin zum Lachen.

»Ich habe Durst«, sagt sie und erhebt sich aus der schwarzen Plastikschale. »Darf ich den Kronzeugen auf ein Glas Wein einladen?«

Der Silvaner hat keinen guten Abgang: zu warm und eine für die Rebsorte unnatürliche Süße. Strömberg schüttelt sich, Anette Schwarz schüttet ihn mit Informationen zu: Zarah Leander heißt Sonja Horowitz, die Ex von Michalek, vergewaltigt von Kaan, der von Michalek dazu ermuntert worden ist. Michalek hat sie anschließend als Schlampe beschimpft und ihr den Laufpass gegeben.

Strömberg pfeift leise durch die Zähne. »Dann hat Sonja Horowitz Kaan aus Rache erschossen.«

»Falsch«, sagt Anette Schwarz. »Einer ihrer drei Brüder ist es gewesen.«

»Und wer hat den Dicken auf dem Gewissen?«

»Eindeutig Michalek«, sagt die Hauptkommissarin. »Michalek ist nach seiner Haftentlassung beim Menschenhandel geblieben, statt junger Frauen hat er junge Männer aus Osteuropa eingeschleust und sie zu gnadenlosen Kämpfern dressiert. Marcus Liebenwald hat zu den Eigengewächsen gehört, die Michalek in seinem Boxstall zu Champions züchten wollte. Aber Liebenwald hat versagt, ihm hat schlicht und einfach das nötige Talent gefehlt. Seine letzte Chance sind die illegalen Kämpfe gewesen … Um ihn aggressiver und wiederstandsfähiger gegen Schmerzen zu machen, hat Michalek ihn mit einem Aufputschmittel vollgepumpt. Pervitin. Michalek hat halb Berlin damit versorgt. Die Drogenfahnder hatten ihn schon lange im Visier, konnten ihm aber nichts nachweisen, was vor Gericht bestand gehabt hätte. In Gramlichs Notizbuch haben wir die entscheidenden Hinweise gefunden. Der Dicke hat Michaleks Schweinerein haarklein aufgeschrieben. Es sollte für ihn wohl so eine Art Lebensversicherung zu sein. Oder er wollte Michalek bei Gelegenheit erpressen.«

Strömberg holt einmal tief Luft. »Und warum ist Zarah Leander, ich meine Frau Horowitz, mit mir in Kontakt getreten?«

»Ja, seltsam«, sagt die Polizistin und glättet das rote Kleid mit beiden Händen am Bauch. »Durch Michalek hat sie ihre Liebe zur Literatur entdeckt. Als sie von Ihrem unfreiwilligen Mitwirken Wind bekam, dachte sie wohl ...«

»Schön, dass es noch Menschen gibt, die an die Macht des geschriebenen Wortes glauben«, sagt Strömberg. »Der einzige Glaube, den man niemandem nehmen soll. Der Hauptkampf beginnt gleich.«

»Ich fürchte, nein«, sagt die Hauptkommissarin. »Michaleks Festnahme steht kurz bevor ...«

»Ich habe fünfzig Euro auf den Türken gesetzt«, sagt Strömberg mit gespielter Empörung.

»Das Geld haben Sie in den Sand gesetzt«, sagt Anette Schwarz und sucht in ihrer Handtasche nach dem Handy.

Strömberg schreibt in sein korallenrotes Notizbuch: *Wir üben das Sterben, bloß weil wir atmen ...*

* * *